文化履痕

江东集

孙宜学 著

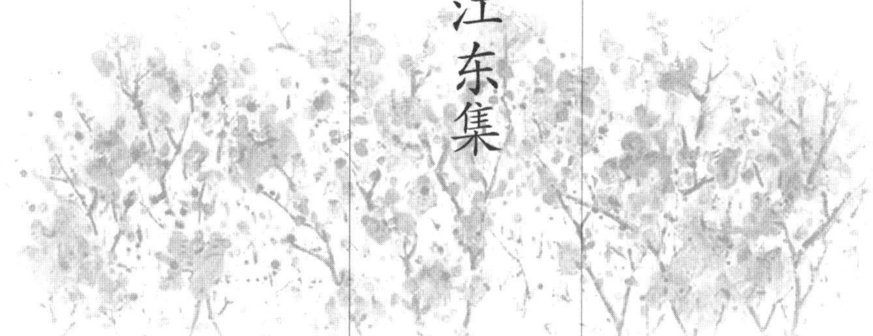

同济大学出版社

前言　中国红色文化是人类共同的精神财富

井冈山精神和苏区精神是中国红色文化的内核，是中国共产党在创造新中国历史的漫长征途中用生命和信仰凝练成的物质财富和精神遗产的综合，不但滋养着中国革命一步步取得胜利，而且成为中国历史文化长河中一个有机组成要素，延续并创新了中华优秀传统文化，是中华民族伟大复兴的动力源，也必将成为未来中国文化创新和发展的新源点。

红色文化是中国制度自信、文化自信的基础

红色文化是中国共产党长期革命实践的产物，本质上也是一种优质文化资源，是中国智慧的时代延续和创新，是中国制度自信、文化自信的基础。弘扬红色文化，可以消除文化自卑，加深民族身份认同，坚定理想信念，锻炼坚韧民族品格。

红色文化源起于半殖民地半封建时期的中国，为了救民族于危亡，中国共产党人点燃了民族的希望，从上海兴业路到嘉兴南湖红船，从井冈山到西柏坡，筚路蓝缕，在信仰的引领下，以实事求是的务实精神，铸造了以“井冈山精神、长征精神、延安精神、西柏坡精神”为核心的革命文化，成为新中国成立、改革开放、新时代中国梦的“初心”。因此，继承、传承、发扬红色文化，就是不忘初心的表现，也是中华民族崛起的精神支柱。

作为一种文化资源，红色文化资源具有可再生性，即可以不断在新的语境和文化环境下因地制宜、因时而异创造出具有新时代内涵的红色文化，这种创造性本身就是红色文化资源的精神源头，如农村包围城市思想、中国革命理论和路径的创新，党的建设与制度创新等都是马克思主义中国化的硕果。

红色文化固本开源的本质是实事求是

继承和发展红色文化，要不断固本开源，结合当代中国、世界中国的发展趋势重新加以阐释和传播，同时要守住基本认识和原则，避免红色文化在社会影响、国际影响上被“过度阐释”“过度开发”。

红色文化精神首先是一种实事求是精神。目前要基于新时代中国特色社会主义建设需要和中华民族复兴需要，从红色文化中汲取“实事求是”精神的动人力量，在了解其形成史的过程中辩证分析其中的经验教训。为此，首先要细致调研分析红色文化资源的构成，全面具体总结经验，确立红色文化的特色、内涵，与新时代中国社会主义核心价值观的融合深度和结合角度，围绕当前中国发展和世界发展的突出问题，细化目标，准确定位，扎实推动，让实事求是精神永远成为中国发展的源动力和永动力。

红色文化精神还是一种育人精神，是中国智慧的产物，也是种子。中国红色文化与中国历史文化一起，共同成为培养中华民族精神的有机原料。为此，基于新时代育人需要，相关机构尤其是教育部门，应及时协调建立“红色文化育人”数据库，包括红色文化资源点和特质，相关教材种类、发行数量，师资结构，学生人数，相关研究成果等。在此基础上，根据新时代高校立德树人培养目标，组织教材研发团队，编写出版相关教材及读物，并建立红色文化育人质量评估体系，形成务实有效的推广行动方案，全面推动实施。而具有红色文化基因的高校则可联合组建国家红色文化研究中心，形成红色文化与中国价值观相结合的教育理论，丰富中国教育思想。然后通过建立高校红色文化育人资源协同运行机制，搭建中国红色文化资源合作研发推广平台，借以统一思想，统一步骤，实现红色文化资源育人的统一模式，实现育人思想的统一，目标的一致。通过红色文化进课堂、进头脑，实现红色文化与青年学生人生观世界观形成同步，与时代发展同步，培养出中国红色文化的传承者和教育者。

红色文化的世界化之路是协同共享之路

红色文化是中华文化的精华，红色文化“走出去”是中华文化国际传播的使命和责任。首先，我们要潜心了解和理解世界各国语言、文化、社会生态，直面文化差异和文化冲突，在此基础上，明确要向世界讲什么中国红色故事，怎么讲，希望达到什么效果，同时要从受众角度换位思考，从相对平衡的视角，客观选择合适的传播内容和角度，并善于利用文化差异找到中国红色文化的生存之地，实现红色文化世界化并成为所在国文化体系中的自然存在，发挥红色文化作为中国智慧推动世界和平发展的功能。

红色文化资源遍布世界，中国红色文化的世界化之路也是与世界性的红色文化资源的协同共享之路。中国红色文化资源要主动协同协调世界上不同民族的红色文化资源，实现不同民族特色的红色文化资源的共建共享共传共创。

红色资源是一种政治资源，是一种思想资源，也是一种学术资源；既是遗产，也是幼苗。中华民族伟大复兴的初心在兹，新时代中国的文化自信在兹，中国的未来在兹。

——原载于《广州日报》，2019年9月19日。“学习强国”2019年9月29日转载。有改动。

目录

第一部分　江东集

沙家浜[①]

四月桃花别样红，芦苇荡波水不兴。
嫩绿不弃旧枝老，飞花待雪意顿生。
歌罢遍寻音来处，但见白鹭绕人鸣。
清明总在春暖时，淡然一笑无死生。

奉化溪口蒋氏故居[②]

山水自古不空留，地气从来缘人收。
武岭书声透世故，母乳甜润美人羞。
百年风雨混无痕，剡溪村妇槌仍抽。
一街逶迤尽属蒋，瑞元介石徒名修。

宁波钱湖[③]

钱湖清流逐陶公，金鳞轻喁梦禅钟。
佛踏水莲花自谢，堤闲叶托二三僧。
风送柳絮散无痕，月涂山黛随便影。
每遇空明总塞物，吐浊纳新身自轻。

---

① 2017年4月4日，清明节。沙家浜里的芦苇荡不见了，只是一簇簇地散长各处，取其象征意义吧。京剧《沙家浜》的痕迹却很鲜明。

② 2017年5月5日。到宁波理工大学演讲，后游奉化溪口蒋介石故居。

③ 2017年5月6日。钱湖春风拂面，游人疏落，禅寺寂寞，不闻钟鸣。只觉西湖盛名，倒与钱湖相符。

屯溪老街行①

溪屯三江通五洲，气凝四海紫气稠。
青黛抹意瓦覆岁，耕读商兵无闲愁。
飞檐叠叠傲天向，栖燕啾啾觅旧友。
山野花开足慰目，贪享太平忘山游。

丁酉年秋京城与学生重逢②

懵懂少年已成人，推窗犹见旧时尘。
当年英伦数归日，不知新雨推入门。
三载奔走无寸暇，绿意渐浓根植深。
几回寻觅终有着，西风都羞带走春。

鼓浪屿夜瞻郑成功像③

鸥缀细浪绣鹭江，星疏只因岸上光。
接踵全是外来客，摩肩但听四海腔。
秋凉水上悬岛近，风打石中树须张。
沉剑如石压魅影，功成不退仍驻防。

---

① 2017年5月13日。到黄山学院进行汉硕招生宣讲，14日步行至屯溪老街。老街由新安江、横江、率水河三江汇流之地的一个水埠码头发展起来，保存完好，非仿制。此地耕读之风厚重，太平猴魁、黄山毛峰香冽气溢。

② 2017年11月1日。北京开课题论证会，约陈涛见。陈涛骑单车到，见我弃车，车倒不扶，拥抱哽咽。2004年6月，我从英国回来才知陈涛入门，成为我第一个学生。毕业后他去新加坡读博，我出差时见过一面，后来就处于失联状态，颇为忧虑。今得重逢，石头落地矣。

③ 2017年11月4日。上午在厦门大学海外教育学院参加“汉语国际教育与文化”研讨会，演讲题目是“以侨为桥：‘一带一路’沿线国家中华文化国际传播战略研究”，下午参加小组讨论，傍晚乘船到鼓浪屿，顺江边信步走到郑成功雕像下瞻仰，但见对岸灯火耀眼，不远处，即台湾金门。

佛罗伦萨散行[①]

佛城百花石头生，远近颜色各不同。
大卫忍顾繁华尽，阿诺听遍人间声。
氤氲尽是无形气，喧闹总吹叶复生。
多少悲欢离合客，共登高处望落红。

残荷咏[②]

秋阳无恙花仍开，新朋旧知去复来。
丽质自弃不媚世，蛙鸣似消犹在耳。
埋首守缺顾影怜，中通心洁何须外。
一鸭戏柳无畏孤，静待来年浮翠海。

---

① 2017年11月13—17日。在佛罗伦萨大学孔子学院参加"实用汉语教学特点与技能培养规律"国际研讨会，演讲题目是"中意文化差异对汉语教学的启发"。提出编写"自豪汉语"系列教材设想，即在条件成熟时，可以在深入发掘不同国家各自的文化遗产基础上，以不同国家最引以为傲的历史人物、文化象征为象征符号，以国别、地域的特殊受众群体为对象，编写相关行业汉语读本，以激发海外汉语学习者学习汉语和理解中国的热情。如针对意大利编写"雕塑汉语"或"米开朗基罗汉语"，针对英国开发"莎士比亚汉语"，针对德国开发"交响乐汉语"……这样就可推动海外汉语学习者感受到用汉语理解和感受本民族文化的独特之美，在以汉语学习加深对本地、本国文化的了解和理解的同时，实际上也对汉语与中国文化实现了更深的认知和不自觉融入。会后与孔院老师同游阿诺河，瞻大卫英姿等。

② 2017年11月20日。在华东师范大学参加论文答辩，中午见丽娃河中残荷，或高或低，枯黄污损，人鸟皆弃。但恰是这些残荷，曾支撑起出污泥而不染的清纯荷花让人赏心悦目，奈何荷花开时赏花者众，默默支撑者耗尽心力时却无人诗酒歌咏。附庸风雅者，常只重表而轻里。非人如此，万物皆然。唯愿被欣赏者自我清醒。

井大履新①

白发聊作少年行，江东江西结新朋。
孤洲正气驱夜去，青原纳新阳明成。
红土育竹不弃草，燎原催种待新生。
隔窗似闻侣鸟至，梦中悠然浦江声。

井大初霜②

远山黛染一线光，近陵阻目不见江。
翠湖鸭冷懒戏水，稚童路直偏走巷。
西风轻来怕惊梦，氤氲密语披薄裳。
蓦然无处觅旧友，尽洗旧颜乱敷霜。

雨中登井大无名山③

山空不见人，叶落稀闻音。
雨线垂天降，草绒隔成氤。
山莽枝郁郁，雀飞知深深。
步蹈空中止，恐惊无名神。

---

① 2017年11月23日。正式到井冈山大学报到，下午举行了“同济大学—井冈山大学对口支援工作会议”，同济大学党委副书记徐建平，井冈山大学党委书记彭涉晗，党委副书记、校长曾建平等分别介绍了两校对口支援工作开展12年来在学科建设、人才培养等方面的合作成果和深情厚谊。我的履新感言是：将尽快融入井冈山大学，在工作中践行“求实、务实、踏实、落实”八字方针，发扬“同舟共济”的同济精神，履职尽职、踏实工作。

② 2017年12月20日。晨起，霜覆草，但太阳一出就化了，就像夏天汗水打花女孩子的妆容，但因草柔弱无争，妆花而不失娇羞可爱。

③ 井冈山大学依山围建，校园中间的小山如学校的心脏，生态怡然，落叶成被，冬亦有花，鸟鸣四季。我常在午间或傍晚进山吸氧，仰观树顶，透过树叶看太阳或星月，有时恍惚间竟有大隐之感，惑矣。

戊戌岁首感怀兼寄学生（二首）[①]

一

晨唤邻家鸟，莫贪笼中息。
月明星正疏，速向枕边啼。
梦展鸿鹄志，笔落似日稀。
泪染醒来目，老夫陪到底。

二

花藏娇春欲攀枝，香潜乘夜入鼻息。
三更鸡鸣引犬吠，雾扣窗扉慰弄笔。
才俊只是舌吐兰，蜜蜂酿蜜不倦飞。
望断千重叠峦嶂，拥风怀远自东西。

戊戌春首重上井冈山[②]

山重水复心无波，一节阅尽四地月。
足沾中美雪化泥，耳惑河南上海乐。
匹萨烧烤胃皆享，咖啡白酒味不觉。
待到杜鹃映山红，把盏侍君共山酌。

---

① 2018年2月16日，大年初一。一年之计在于春。平日常劝学生多读书，勤练笔，学有所成。希望他们不以书为径，但得书之乐，尽快成才。因性急，而学生常口应而手不动，沉稳似海，故心焚之状时有外露。

② 2018年2月26日。乘火车T169到吉安。2018年2月12日（凤凰城时间）自美国回上海，农历腊月二十八，第二天即返河南。春节过后回上海。一个月内奔走四地，值得纪念。

安福行（二首）[①]

周氏祠堂追思

百万雄兵一挥间，蔽日旌旗灰成山。
呕心沥血谋君功，东风破曹亮耀先。
身死未见三国立，气冲仍荡壁仞间。
庐陵藏玉堪托玉，蜜湖任鱼闲戏莲。

羊狮慕

一山成线不见山，春田无人牛自闲。
羊慕狮威自投口，安福若素不羡仙。
海水成石赖阴阳，造化弄人草锁涧。
夸父至此不逐日，乘云邀月不见天。

---

① 2018年3月1—2日。1日，上午到安福县枫田镇车田村，先参观了罗隆基先生的故居。故居门楣写有“理门”二字。堂屋壁上有毛泽东的亲笔书信，和张澜先生的合影以及一些珍贵照片。出故居门，见一大樟树，已百岁高龄。前行不远处，即到周瑜后人所建大祠堂，正中大门刻有“相帅府”，“相”指周必大，宋孝宗淳熙末宰相，“帅”指周瑜。“相帅府”坐北朝南，长方形，前、中、后三进，错落有致，气宇不凡。下午到安福县城参观孔庙，这是江西省惟一保存较完整的孔庙，迄今已近900年。孔庙既是祭祀孔子及名儒先贤的场所，又是该县历代官学之所在地，故又称“学宫”。
2日，与同事游羊狮慕。山路两旁油菜花盛开，田野上黄牛无缰，闲适吃草。羊狮慕位于安福县与宜春市交界处，有小黄山之称，也是道教的福地名山。山以石秀、奇、险闻名，可以演绎诸多故事。游山水有四个境界，我曾有心得云：
看花是花，看水是水，看山是山。
看花花开，看水水流，看山山动。
看花成花，看水成水，看山成山。
看花非花，看水非水，看山非山。

吉水下元宵节（三首）[①]

一

花团锦簇半姑苏，冬雨迎客待春出。
家家户户炊烟起，岁岁年年气风祝。
稚童手接天上水，老叟盘托四季熟。
下元宵启一年运，上吉阳承万世福。

二

耕读千年不绝音，风淳气厚可托身。
春雨最喜初绽蕾，腊肉能承辣酒浑。
异乡有家不寂寞，劝君不谢客家亲。
映山遍红不见花，赣江水畔思春申。

三

一年只一春，二月最销魂 。
惊蛰梦已醒，轻雨洗行尘。
墟里不见烟，盈日聚氤氲。
浑酒不知度，清风已醉人。

---

① 2018年3月17日，农历二月初一。到吉水县金滩乡同事家中过下元宵节。上午途经江西省首批历史文化名村燕坊村，村已有800多年历史。过下元宵节是金滩乡一些村庄特有的风俗，这一天家家大宴宾客，客人越多越光荣，且终日不散席。是日小雨，车多路堵。阳台观街景，见村舍皆楼房，真乃鱼米乡。街上二三幼童仰头找雨淋，童趣憨态有年龄之别，无年代之异。

陋室铭[①]

陋室半山石径斜，推窗总见漫天花。
堂前群蛙竞豪气，屋后雏鸡戏幼鸭。
夜惊一鸟絮絮吟，雨穿林叶声声沙。
晨醒不知身归处，万籁齐鸣共一家。

泰和晨吟[②]

街遇二三新旧朋，携手把臂入巷中。
临窗凭客唤新菜，晨露微颤待风动。
春晖融情人自醉，四海在心立纬经。
千山万湖风光异，鸢飞凤舞天下同。

山径遇野花[③]

断土裸茎不狰狞，隔水成湖也镜明。
倚石自开无人赏，清风拂面独亦净。
田畴旁开不成线，谁言无人解此情？
不羡坛花邀人宠，叠枕空山听雨声。

---

① 2018年4月14日。一夜未眠，因山上一鸟，终夜鸣叫不息，连续月余皆如此，殊为怪也。且天亮即停，又一怪也。每天凌晨，窗外群鸟齐鸣，蛙鸣不断，高低错落，不可辨识，真以为人在林中，鸟在室中，人鸟同居，房林无界。

② 2018年4月21日。与吉安书法家一行到泰和县考察，早晨9点即到，同吃早饭，本以为是大饼油条，却是直接在菜场买菜现做，接地气，菜极新鲜。

③ 2018年4月21日。天气好，到井冈山大学附近矮山中随便走走，只见树草不见人。在山脚下一水塘旁，见几簇野花，在断崖处开得鲜艳，但“下未成蹊”。忽笑自己俗气：花开本自然，并非为人开，有山间清风明月蛙鸣鸟伴，足矣。

春戏[①]

春播随意苗不稀，墟里陌间虫蝶戏。
云淡翠厚映天暗，鸟鸣禽啼唤朝夕。
“穷山”自古养富民，“恶水”从来游闲鱼。
登高才知山无尽，望远常厌绿意密。

春雷[②]

一冬日月暖光疏，三春虫鸟清巢储。
旧柳未去新绿催，新雨常顾旧波无。
雷鸣顿觉失时宜，风起撩枯露嫩雏。
白头老翁面朱红，逢客羞说是酒涂。

春暖[③]

一日开百花，同种不同家。
新蕾夜夜出，旧枝迸雏芽。
春鸟求果腹，常啄水中鸭。
待到杜鹃红，无云亦有霞。

---

① 2018年4月28日。江西生态好，青山绿水。地少但易种，一年二季稻，富足自然怡然而乐。穷山恶水之说，何有来乎？

② 2019年2月22日。自去年11月，吉安就一直下雨，前日竟有雷鸣。春雷一击万木苏，门前旧符换新竹。是花总会开，春天终要来，雨中不改春阳之乐。

③ 2019年2月28日。校园散步，见杜鹃花蕾已饱满欲放，想起去年花开处处红，校园换新颜之美不胜收之景。杜鹃花开了，井冈山大学的春天才算到了。

春雨（二首）[①]

一

清风笑弹枝梢沉，春雀依柳竞腰身，
羞花探问天寒暖，细雨点点润蔷唇。
虫鸣惊梦枯草醒，首伏迎新推旧陈。
学子翻书心念兹，不知窗外已黄昏。

二

一春不见阳，心湿懒推窗。
花开即带雨，叶落泪满眶。
鸟鸣声声碎，人倦细细伤。
迟归无落暮，晨起仍迎祥。

春晴[②]

惊雷已息雨亦停，庄蝶檐头传娇嘤。
花怕迟开甲叶掩，争涂唇红催春耕。
隔窗已闻蛙试喉，清风驱梦遍地虫。
柳垂斜眉问归客，可识新妇旧妆容?

---

① 2019年3月2日，23日。吉安一直春雨绵绵，细草萌萌，独不见春阳在天。学生一心读书，不为天气所扰，每次经过教室都让我感动。

② 2019年4月25日。天气终于从雨转阴，从阴转晴，竟有劫后重生的喜悦。

春花（三首）[1]

映山红

一片二片三片红，次第嘬春入唇中。
只因独开时遇寒，才约簇立共拥风。

蓼花

花在花下红，爱淡又爱浓。
觉有似觉无，脚起又脚轻。

茶花

冬寒春暖蓦然开，浓艳粉白都自在。
不示娇弱求人怜，常见少女比颜色。

井大初夏[2]

独居月明里，地远思不休。
花开不孤赏，鱼翻成涡流。
鸟飞总比翼，蛙鸣如牛吼。
攀山成豪杰，擒蚊可只手。

---

① 2019年5月1日。假期第一天，在井冈山大学校园散步，处处鲜花，春意盎然。杜鹃花外，我独爱蓼花，星星点点，悄然立于草地上，石隙间，路径旁，常成片开放，且花期长，带来春天，留住秋天，却不招摇，不择时，只奉献，其俗称“狗尾巴花”，如同人俗名狗剩，都取其生命力强之意吧。

② 2018年5月3日。假期第三天，傍晚校园散步即景即动即感即得。

吉安乡村即兴（二首）①

逘洲新村

书院祠堂何处寻，道旁村童若罔闻。
茫然信步觅诗意，处处皆画倦眼神。
得风得雨得天顾，飞虫飞鸟飞地伸。
正怪水底鱼戏鸭，又闻巷中牛唤人。

乡村见蛙寄学生

稻苗青青似山身，蛙鸣处处难辨音。
田螺丰腴足饱腹，何学鸿鹄逐浮云？
鼓腮无非一口气，张口不过二三吟。
振力跃跳竟盈尺，直把丈宽当无垠。

① 2018年5月6日。下午，与同事考察调研逘洲新村，乡间公路虽整齐但狭窄，车相向而行不可。路旁稻田，清新无比，丰收可期。村有刺史祠，已失修，言谈间村民常有被毁之虞。村中房屋新旧杂处，新者皆楼房，貌同。旧者皆砖房，有徽派建筑特色。村头立一锥形砖塔，不高，镂空，是吉安乡村标备，节庆时燃火庆祝用。稻田里田螺漫然，如额头满痣，水鸟起落为之，信喙拈螺，翩翩然自得。村边多水池，蛙鸣不断，鱼游浅草间，且与鸭戏。牛怡怡然立于道，狗遇人而不吠，谦谦然皆有君子之风。

夏晚白鹭洲独步（二首）[1]

一

柳拂人面不轻浮，礼浸门牖知诗书。
得风得月水无界，聚德聚义地有福。
万里江山托一舟，鹭飞节留枯复苏。
可怜两岸不同色，只见江西东不出。

二

信步江边寻今古，妇孺青老伴不独。
贤出一隅江山定，孤帆千年入复出。
偏安只求安邦策，求死但念随程朱。
代有才俊传薪火，徒羡吉州人有福。

乐蚊[2]

独在异乡浑不觉，昼夜悦己俏飞客。
如影随形不厌舞，如泣如诉窗难隔。
杯盏常驻凝神望，似思昨夜伴眠歌。
可惜娇声久成噪，忍逐倚墙若无着。

---

① 2018年5月12日。晚，独步经井冈山大桥到白鹭洲。书院一如白天，灯光摇曳，更添历史飘忽之感。六君子祠、风月楼、中书院、兴贤祠，历代诗词，历历在目。游人三三两两，就在书院周围徜徉。吉安人厚福，时时可沐节义德礼；青年学子，日日可沐诗书之风。在兴贤渡旁，遥想700年间一叶扁舟渡过多少胸怀大志之士，匡扶天下，助民安邦，祚兴不曲。江中一小洲，左右大世界。回校过桥时才发现：赣江西岸一线通明，东岸黑漆无光。现代城市与传统乡村之差异感强烈，我更喜欢东岸的静谧和乡野气。

② 2018年5月9日，晨。或因四周生态太好，蚊易养，或因纱窗破旧多洞，蚊易进，常一夜起捉飞蚊数次，然后即无眠无语待听众鸟凌晨练嗓，鸟唱完飞去，就天亮了，也该起床了。

立秋[①]

山远气沉披羽翼，晨昏蝉鸣音依稀。
天道有序各归户，光影斑驳渐陆离。
月蓝云白风不疾，叶舞乱影似翻衣。
阴晴圆缺本无意，空对浊酒谁笑痴。

井大秋晨[②]

晨揽远山一抹霞，红土染露藏羞瓜 。
林中不见曾侣鸟，蚱蜢贪食忘归家。
最喜学子吟诗书，徒羡池鱼濡风雅。
昨伴一灯一轮月，误剪星光作烛花。

京大秋日拾意[③]

登山不见石，旧松换新针。
地黄桂落晚，芙蓉塘映沉。
窗花引滴露，雀啜频顾身。
最喜不速客，绕灯觅知音。

---

① 2019年8月7日，立秋。每年这一天我都习惯看看阳光、树叶，不管心情有无变化，总能看出一丝凉意，一片凉色，一点点感伤。

② 2018年9月26日。晨起，见翠湖、园丁湖旁多读书的学生，池鱼游弋，犹听书声。每见学生，都有青春仍在之感。

③ 2019年11月12日。晨起，为窗台绿豆苗浇水，开窗时见花盆旁一麻雀正在喝水，才知花盆盛水还有此用途，为平日自己喜多浇水且致苗死找到了一堂皇的理由。饭后登楼后小山，见松针铺地，人在山中而不见石。校园内，桂花落地黄，处处鲜花开，不知是秋是春。

中秋节[①]

秋起初凉风阑珊，提笔点黛窗外山。
步轻怕惊湖边鸟，时浮潜鱼非旧颜。
异乡宾朋可共醉，直把星月注满盏。
人生自古梦常缺，行旅多艰盼吉安。

中秋待月[②]

秋实不弃夏时花，三餐食椒已不辣。
鸟倦归林怕惊风，鸡栖时鸣唤昏蛙。
星稀仍是旧时伴，村疏点墨自描霞。
一童推窗面如玉，羞惭远山遮半颊。

赣江秋晨[③]

白鹭洲旁听秋声，徐霞客后无舟行。
钓翁垂丝期几许，草虫噤鸣听语冰。
墟里无烟常遇犬，牛矢成线花迎蜂。
晨起捉云风不起，独得半月一身清。

---

① 2018年9月24日，中秋节。井冈山大学同事邀同聚，但不忍扰其家人团圆，遂婉拒，一人独过中秋节，赏月、吃月饼一样不少，“千里共婵娟，何处月不圆”。

② 2019年9月13日。在井冈山大学独过的第二个中秋节。黄昏到附近村庄散步，但见远山慢慢升起圆月，村舍一儿童推窗看月或其他，面圆如月，不知是他（她）在看月，还是月在看他（她）。

③ 2018年10月20日。晨起，见天气好，信步走到赣江东岸。月渐隐，日渐升。路上牛矢成线，鸡鸣狗吠时闻，花草繁盛。桃源虽好，惜不是家。

西华山寻秋①

叶黄雨落石径滑，青苔闻人忙迎伢。
橘红菊黄人消瘦，鸟鸣狗吠疑在家。
山民结伴寻山珍，桂花树下养鸡鸭。
最喜童子路边嬉，不知貌若山茶花。

秋野②

生当如黄土，纳故吐新菽。
液输怕不竭，粒种分多株。
风来顺俯仰，雨落逐叶阻。
诚至天地和，耕勤世无殊。

秋日芙蓉③

粗枝大叶似梧桐，吐蕊竟是一团绒。
冬日不见杜鹃艳，翠湖厅上观芙蓉。
垂柳引风诱鱼来，揽月吸翠蓼岸生。
白茅含籽不忍弃，蚱蜢吞花抹唇红。

---

① 2018年11月3日。与同事考察吉安西华山生态农业。在园内第一次见到松树被斜割开，下系一袋子，一开始以为是给树输营养液，问工作人员才知是接松脂用，用于做松香。为了便于取袋子，竟还在树上打进木柱，便于攀爬。据说这样的松树皆会早死。园内有水沟，内有鱼虾，一时起了童心，下沟捉小龙虾一只，田螺若干。失足落水，湿鞋一只。

② 2019年10月21日。校园附近的田野上秋色一片。土地默默无语，却无私馈赠人类所需。再感吉安名字好，顺时应气，五谷丰登。

③ 2018年11月10日。井冈山大学翠湖和园丁湖、揽月湖周围皆种有木芙蓉树，花大如棉，色绯红。花映湖上，栩栩如生。湖畔垂柳如丝，悬于水面，似以花为饵，诱鱼食花。湖边草丛，蚱蜢声急，已感秋后肃杀，但尚能赏芙蓉秋红，留下一抹青春或纯洁的爱情记忆，死而无憾矣。

无花盆旁望秋月[①]

一场秋雨一场凉，眉月净洗泛幽光。
棘枯仍护花数朵，寒深粉衰蝶无常，
躬耕田亩梦常在，遍播谷粟皆不长。
春来蕊新换颜色，星落云暖果争香。

冬居听雨（二首）[②]

一

冬雨不怜客家人，至山至树致乡音。
圆月曲身潜入户，曾经鸟鸣皆不闻。
误拂廊台几株草，但见全无精气神。
独酌清茶欲提笔，忽念农家米烧醺。

二

前山后峰草拥花，朝雾夕雨人盼霞。
推窗唤食倦飞鸟，梦醒醉卧柳梅家。
乍暖常忘寒后至，萧杀一片棉如纱。
待到风煦莺再飞，闲观鱼浮戏幼鸭。

---

① 2018年9月9日。受四周绿水青山诱惑，我买了两个花盆和菠菜、苋菜、生菜、芫荽种子，拟把阳台建成一个小菜园，但种下皆无功。后来改种花生、绿豆，亦皆无果。是种子问题，还是土壤问题？抑或两者关系问题？由此想到文化传播过程中的文化适应性问题。文化适应过程可能需要牺牲很多种子。虽花盆无花，有此一想顿觉心在花在，有梦花长了。

② 2018年12月22日，农历十一月十六，冬至。一冬雨多，鸟儿翅膀常湿，似乎都举翼若重，失去了阳光下的欢乐和轻快。改稿数行，吃饺子数枚。忽觉饺子可能就是圆月为慰旅人曲身而成，以慰乡愁，聊慰雨寂。

吉安闻上海飘雪[①]

庐陵听雨海飘雪，芙蓉成绒嗟蹉跎。
飘零总在璀璨后，美梦常是后天觉。
人生苦短且秉烛，情义无价天难夺。
乾坤悠远东篱近，采菊煮茗任评说。

翠湖冬景兼寄子薰[②]

子爰悬铃欲接风，君临有意催松青。
十月无雪花开处，一亭不孤欲独行。
鸳鸯弄竹乱点墨，晨曦薰露氤氲凝。
云托芙蓉分水出，鱼逐颜色倩影清。

① 2018年12月8日。上海同事在朋友圈纷纷晒飞雪照和视频，吉安却仍阴雨连绵。雨雪异形同质，一如人心。天地虽大，正心守正即为圆满世界。

② 2019年11月8日。今天立冬，井冈山大学翠湖却春意浓浓，湖边竹丛倒映湖中，一竹二影，顾盼皆是自赏。湖心亭为井冈山大学标志，水日日清，亭日日新，吉兆。

江东迎旧友（二首）[①]

一

江东兄弟不二情，推杯换盏言总轻。
春来我愿长驻此，堪需宜去非绝情。
人生最难顺天意，古今明白独卿卿。
我愿蹈火助薪燃，挥烬点点一片明。

二

曾经同窗今同盏，共酌秋意忆秋闲。
杯酒释怀无心事，月圆如席倚臂欢。
故人何故常在侧，莫“吟留别”作空叹。
日见路旁冬养草，遥望风吹花漫山。

① 其一，2018年4月26—27日。同济同事来访，约井冈山大学同事同聚畅谈，欣喜中又有感伤，知将来与同济同事重逢日即与井冈山大学同事告别时。可告慰者，大家都坦诚共事，相知相扶。
其二，2018年6月6日。北京朋友来访，感其厚意，自备薄酒为其饯行。同观窗外，但见树和房子把月光隔成缕缕，犹如一只只手臂，相互搂抱着同席共饮。

江东夜思（二首）[①]

一

七分山水三分田，一年和风四时闲。
花开从来不孤赏，雨落常常仅隔天。
夕阳西下鸟即栖，梦遇古人同枕眠。
心搁何处可同律，喁喁私语匣中剑。

二

三更醒来不自然，窗外鸟鸣无片闲。
高低错落有远近，似喜亦悲皆婉转。
古来圣贤常寂寞，何处妙音觉地偏？
沧海桑田人思变，谁法日月谁法天？

---

① 2018年5月18日。傍晚到赣江畔散步，见江边滩涂，种有各种农作物，不知在城里还是在乡村。城乡不分，却自有古风，也自成古风。

赣江岸观月[①]

风清玉洁月笼沙，鹭飞鸢跃日染霞。
俯首尽是生灵气，举目全为天降纱。
苇待秋至遍播种，荷立泥愧同育花。
最难空邈捉有形，一瞬常延生无涯。

吉安螺子山祭文天祥[②]

石见草伏只因风，庐陵江月铸人情。
国穷气尽唯我在，凭栏北望断秦弓。
强虏闻声色皆变，谈笑自若重若轻。
樯橹飞烟皆逝水，清魂至今照汗青。

---

① 2018年9月19日。傍晚，无云，月更显皎洁。沿赣江东岸南行，遇正建一公园，草木花池，已有雏形。江边落日与新月辉映，飞鸟沾江水起落，时有几株芦苇，在鸟飞走后摇曳，在江面映出纤柔的身姿，恰如一张张精致细腻的明信片。生活中并不缺少美，而是缺少发现美的眼睛。

② 2018年5月23日。下午下班后步行至庐陵文化生态园，在文信国公祠重温文天祥气节。生态园以螺子山和庐陵湖为核心，自然和人文景观交汇。主要有“田螺姑娘”雕塑、红砂岩文化墙、民俗馆文化园、文星塔等景点，其中最让我震撼的是“十万工农下吉安”大型雕塑，雕塑跨度90米，共9组群雕，由49个人物和3头火牛阵牛等组成，反映了1929年10月至1930年10月工农红军攻克吉安的过程，气势宏大，静中跃动，似有吼声。吉安古称庐陵，是古代著名的“江南望郡”“文章节义之邦”，名人荟萃，从唐宋至明清，吉安先后出了18位状元，16位榜眼，14位探花，2823位进士，为全国翘楚。文天祥、欧阳修、杨万里、解缙、胡铨等皆为吉安人。生态园内有“一门数进士，隔河两宰相，五里三状元，十里九布政，百步两尚书，状元多吉水”等介绍铭牌，我对吉安的历史人文肃然起敬。

自上海返吉安散忆（三首）[①]

绿皮火车

青葱少年常说愁，沧桑涂面才知羞。
登高何必非望远，乘车岂只G字头。
疾驰哪知慢行趣，竹池蛙声抚颊首。
空狭才忆儿时院，窗外众花不觉走。

慢行乐

星追蛇行径，月随独行客。
同室鼾声异，他乡陌路多。
薄窗闻蛙鸣，荒野夜有歌。
梦醒知归处，又见文昌阁。

青原山阳明书院观草青

水流至此曲不走，山无穷尽心滞留。
生人自当随意去，经略四方恣放收。
格竹无成削锋镝，纵马仗剑帷中筹。
一草一木皆知己，独在江西得封侯。

① 2018年5月27日。乘T101次列车自上海南站返吉安，途中追怀少年时挤火车经历。多年路上匆匆行走，如今有机会重新体验慢车生活，顿觉趣味盎然。青原山阳明书院其前身为九邑会馆、青原会馆，迄今已有近500年的历史。明正德五年（1510年）初，王守仁任庐陵知县，即在青原山开坛讲学，倡良知之学，四海学者云集，阳明书院因此有“东南邹鲁，西江杏坛”之誉。王守仁文武双全，用兵“诡异”，有“狡诈专兵”之名，曾有平定江西之功，堪称战神。

清明遥寄井冈山英烈①

收拾凡心万念消，春风送雨无花笑。
三千里路云蔽日，九天重峦雾锁妖。
竹清水澈鱼潜底，石滑草伏蛙不跃。
英魂归来兮不语，石化红土兮育苗。

忆秦娥·井大申硕②

东风紧，
千帆竞进披星月。
披星月，
光影陆离，
鸟声清脆。
激流湍急稳操舵，
同舟共济穿沟壑。
穿沟壑，
赣江鹭飞，
青原梦觉。

---

① 2018年4月7日，清明节。刚到吉安时，发现这里的土壤为红色，就很惊奇。红色精神浇灌红色土壤，红色土壤孕育红色文化，红色文化培育红色传人，似乎是一种天然的纽带。清明雨纷纷，行人皆断魂。英灵育沃土，代代有传承。红色精神永流传，化风化雨育新人。

② 2018年5月17日。学校讨论通过优势学科建设方案和申硕方案。井冈山大学至今未获得硕士授权，对未来发展有一定制约。我到井冈山大学后即重点协助此项工作，志在必成。井冈山大学培养的人才多服务地方发展，将来培养出硕士甚至博士，自然能为革命老区发展做出更大的贡献。江水清明，引为心声。

井大60周年校庆徽标发布[①]

六十一甲子，初心仍少年。
花开不限春，水润四时田。
代催俊杰出，岁积精气传。
井岗告英魂，江山稳如磐。

同济留学生井冈山行[②]

顺天守心文目张，持节归德气韵煌。
龙江如练盘祖基，虎山似神踞黄洋。
英魂洒血染杜鹃，清风带雨洗国殇。
四海共祝学子肃，五色同沐日月长。

---

① 2018年5月31日。井冈山大学60周年校庆徽标发布。徽标由底座和徽标两部分组成，底座和徽标总高60厘米，代表学校建校60周年；底座宽58厘米，代表1958年建校。徽标部分又由数字60、校徽主体、旭日东升、彩带纹样等四个意象构成，分别代表着建校历程60年、井冈山大学形象和精神、蒸蒸日上好愿景、师生校友齐欢庆等四重意义。六十一甲子，岁岁如少年。祝福井冈山大学繁荣发展。

② 2018年6月1日。同济大学汉语国际教育专业人才孵化基地和国际学生教学实践基地挂牌暨中外青年学子教学实践活动启动仪式在井冈山大学人文学院举行。井冈山大学党委书记彭涉晗、副校长黄俭根，同济大学留学生办公室主任禹昱分别揭牌。同济大学27名国际留学生、井冈山大学150名汉语国际教育专业本科生参加揭牌仪式。6月1—3日，两校中外学子在“中外互动大课堂”环节分别介绍中外文化、同诵中国经典诗词、同赴白鹭洲书院探寻庐陵文化，并追寻历史伟人踪迹共登井冈山，实地探究井冈山精神的内涵，切身感受中国历史发展细节，实地感受当代中国脉搏。

多年来，围绕创建“中国特色社会主义国际学生教育”这一目标，同济大学尝试在来华留学生培养过程中将语言文化学习与思想教育工作相结合，通过国际学生教育传承中华语言文化，传播社会主义核心价值观，将“中国梦”也变成国际学生的理想，培养出了一批批“知华友华”、能讲会讲中国故事的国际人才。井冈山大学教学实践基地就是这一留学生培养模式的又一新平台。

“十送红军”[①]

曲响萧萧泪下凉，婴啼声声母断肠。
血已溶土怎忍离，兵就是民鱼水养。
山河本有脊与骨，草木也知雨和霜。
念在兹兹人为本，春气习习国祚长。

夜雨中奔茨坪[②]

风骤雾缓笔浅出，红土育笋宜成竹。
甜息拂面睫沾雨，粉颜落黛谁怜湖。
五指峰托仙人居，黄洋界隔世沉浮。
青山醉客枕有泪，四海贤聚祭忠骨。

---

① 2018年6月5日。晚上陪专家观赏音乐舞蹈史诗《井冈山》第233场演出，泪下。后来又看过多次，每次都同样感动，每次都受到精神洗礼。舞蹈由中国井冈山干部学院、同济大学和井冈山大学联合创编，井冈山大学在校大学生演出。分“序”“引兵井冈”“星火燎原”“伟大创举”“尾声”五部分，融汇了舞蹈、声乐、戏剧、朗诵、情景等多种艺术表现手法，全景展示了1927年10月至1930年2月井冈山革命根据地的开创历史，艺术诠释了“坚定信念、艰苦奋斗，实事求是、敢闯新路，依靠群众、勇于胜利”的井冈山精神。

② 2018年6月7日。下午赴茨坪拜访北京客人。吉安市教育局、井冈山干部学院同仁同访。茨坪是井冈山革命斗争的中心，也是井冈山革命遗址最为集中的地方，可惜到达和离开时都是晚上，且雨极大，只能隔着车窗看雨中夜色。挹翠湖四周灯火通明，高大的雕塑，火炬形的街灯，茂盛的树木，使人恍然以为是在江南小镇。革命英烈们长眠于此，睹此欣欣向荣景象，应感安慰。

重上井冈山（四首）[①]

重登黄洋界

工农同心天地震，沟壑有情山河新。
一块石头一块骨，一棵竹子一个人。
自古信念魂燃灯，千古暗夜星启真。
如今炮声犹在耳，四季播种树成林。

黄洋界望远

四方俊杰不惧远，镰刀斧头劈顽山。
红旗漫天遮风雨，南瓜孕气冲丹田。
挑粮备弹仓廪实，敌人嚣张我岿然。
待到杜鹃尽染血，试看星火已燎原。

英雄无名

雾散晨开光映霞，杉直茶白雨凝花。
怀远思圣不忍泪，抚草忖心望断涯。
岁寒才知松后凋，英雄自古忘身家。
谁说擎天赖四柱，墓上蓼红噤萧杀。

---

① 2018年11月30日至12月2日。井冈山大学第二期处级干部“弘扬井冈山精神　坚定理想信念”主题培训班在井冈山举办。培训班共44人，分别按建制组成红四军、红五军，以现场教学为主，采取体验式、拓展式、访谈式等多种教学方式进行。三天内，学员们先后在永新三湾改编旧址枫树坪、龙江书院、湘赣边界一大旧址、茅坪八角楼、黄洋界、革命烈士陵园、小井红军烈士墓等地，聆听了“加强党的先进性与纯洁性建设”“从井冈山道路到中国特色社会主义道路”等课程，重走了朱毛红军挑粮小道，重温了红军“三大纪律、八项注意”优良作风，向革命先烈们敬献了花圈，与红军后代面对面进行了访谈。学员们经此培训，精神面貌更加积极。

水调歌头·重上井冈山

常慕五指峰，终上井冈山。
越山跨壑寻圣，仍是旧时颜。
但见冬雨成花，更有鱼跃惊鸟，雾散刀指前。
过了雷打石，纪律记心间，
四军武，五军威，红旗展。
四十九人一团，同笔谱新篇。
挑粮小道克难，挥刀嚓嚓灶燃，子弟又回还。
井大无难事，只因意志坚。

雾中登杜鹃山①

雨如泪流雾如纱，蝉觅知己鸣声哑。
树有百色山无色，人无杂念草藏碶。
信念如灯夜如昼，涧声似雷百兽家。
黛墨染石石化土，红颜映天天铺霞。

① 2018年7月12日。陪同事首登杜鹃山，即笔架山。当天大雾，更显山幽。杜鹃山位于井冈山的南大门，“红”“绿”辉映。“绿”以“十里杜鹃长廊”“七大峰”“五大奇观”为代表，“红”以革命现代京剧《杜鹃山》所反映的红军革命斗争历史为代表。“久旱的禾苗逢甘霖，点点记在心”“千枝万叶一条根，都是受苦人”，脍炙人口，鱼水情深。杨春霞一曲《乱云飞》，至今荡气回肠。

嘉陵江边夜行①

未来山前观陵江，处处灯火无渔光。
九曲回肠寸寸新，八方汇流节节长。
情笼山柔心似水，雾掩石绿云如裳。
路边青桃味不甘，三月曾留自醉郎。

吉水盘谷镇②

盘古辟地一谷留，禾苗应季四时熟。
七十进士耀宗祠，四世一品世惊殊。
岁月有情文孕人，风雨沉思水成珠。
深巷轻步觅史脉，断墙残垣漏幽古。

---

① 2018年6月9日。从井冈山机场经海口到重庆，参加中共中央对外联络部“2018金砖国家智库国际研讨会暨第二十一届万寿论坛”，论坛主题是“金砖国家人文交流：政府引导与民间互动”，会议由金砖国家智库合作中方理事会主办，四川外国语大学承办，来自俄罗斯、印度、巴西、南非和中国的专家学者围绕“金砖国家人文交流机制创新与协同发展的思路与举措”和 “金砖国家人文交流促进五国民心相通的路径与方式”进行了交流。我的发言题目是“金砖国家文化交流如何建立统一的运行机制和质量保障体系”，大意为：金砖国家文化交流应建立统一的质量保障体系，该体系有以下几个层次：第一，应以和谐共生为目标。第二，应有统一的协调管理机构。第三，在实践中摸索建立科学的文化共生风险评估体系，基于具体问题、文化差异、互惠互利原则，设计评估标准，得出科学结论，确定评估等级。第四，应科学设定文化共生评估指标。文化交流的效果同时具有隐性和显性特征，基于其显性特征，可基本判断文化交流广度和深度。第五，建立跟踪监测机制以保证传播效果。论坛结束后，四川外国语大学金砖国家研究院对外关系研究所所长朱天祥盛情，嘱我将演讲内容整理成文，由他请人译成英文，收录外文版会议论文集。

② 2018年6月30日。与井冈山大学建筑工程学院几位教师考察江西第一镇——吉水盘谷镇。该村村民皆李姓，开山祖是李宪。公元882年，李宪长孙李服为避黄巢之乱率部分家族成员徙居庐陵（今吉安）。后唐年间（即公元927年间），李唐定居吉州的吉水盘乡，村名谷村，即为盘谷镇。“吉水人文甲天下”。盘谷镇是著名的进士之乡，从隋朝到清末，一村就考取了68名进士，115名举人，9名武举人。所以有“一门三进士”“百步两尚书”“一家八尚书”“十里九布政”之说。古镇幽深古奥，纵横交错，盘根错节，犹如迷宫。但镇中有水，李姓祖祠依水而建，保存完好，犹如心脏。两座古戏台，风韵遗存。“谷村文物地，此夕得淹留。”真是不到谷村，不知村可多大；不解村史，不知庙堂就在民间。

“映山红杯”友谊赛[①]

夏阳如火绿叶白，翠湖水炙鱼欲飞。
同济汗雨种厚谊，共掘大井伴余晖。
健步迎球轻拨挡，纵身挥拍刚藏锐。
待到杜鹃映山红，如约竹林等依归。

七月遇幼鸟试飞[②]

草深风轻易隐身，枝低叶茂听脆音。
喙黄毛软刚涉世，焉知途险不避人。
跃飞三尺就坠地，啼叫四顾无母近。
振翮直上万里时，再无烟雨也无尘。

---

① 2018年7月6—8日。同济大学和井冈山大学工会联合举办了首届“映山红杯”教工体育交流会，分别举行了网球、羽毛球、乒乓球友谊赛和工作座谈会。活动得到两校教工热烈响应和积极参与，也拓宽了两校合作交流的渠道，加深了两校教职员工之间的感情。

② 2018年7月13日。井冈山大学校园内遇试飞小鸟，见人不惧，萌态可掬。然每一飞皆不远即落，不知鸟爸鸟妈是否在旁边陪伴或暗中保护？曾在给闻中君新译《吉檀迦利》（广西师范大学出版社，2018年）的“序”中写过类似场景：

一只刚学飞的鸟儿，在树下歇息，娇喘嘤嘤。
我从她身边走过，她竟毫不避我，
歪着头，眼珠滚动，看着我。
我伸手去捉，她才惊恐飞走，不再回头看我。
我们人啊，最初就是这样单纯的鸟，
何时开始，日日惶惶，如被惊弓？

厦大归沪途中①

三伏骄阳不见天，经年逐月亏随圆。
山水因人可改道，情谊蒙尘拭掸难。
梦醒泪湿枕边书，一骑绝尘渐行远。
蓦然不知身何处，却见旧时堂前燕。

赣州古浮桥晚行②

新城古韵氤氲中，瑞霞砾金别样红。
百帆息行顾影怜，千桨入库待潮升。
忧喜同纳皆不语，游鲤侧鳍亦能行。
谁言岁月无情恨，可问北去南来风。

莫干山流韵③

七月如火光影稠，剑气凌霄冲斗牛。
风送尘息感时运，石倚绝顶叹春秋。
曾经沉浮无留痕，把酒问天何时休。
苍莽本是原生貌，无须喋喋莫名愁。

---

① 2018年7月16日。参加厦门大学博士生论文答辩后返沪途中，思奔波之苦乐。

② 2018年5月29日。肖长春副书记带队去赣州师范大学拜访。赣州是原中央苏区所在地、万里长征的起点，有千里赣江第一城、江南宋城、红色故都等美誉。上午拜访赣州师范大学，商谈两校学科合作事。傍晚稍暇，遥观赣州古浮桥，并听同事介绍。此桥始建于宋乾道年间（1163—1173年），距今已有800多年历史。长约400米，由100多只小舟板连缀而成。鱼过桥，侧身否？

③ 2018年7月20日。举家同游浙江湖州莫干山。干将、莫邪铸剑故事，使山有阳刚之气。山不高，最引人欣羡处，是民国时期兴建的各种风格的别墅，都据有山上风景极佳处。雅称士大夫遗风流韵，实也可看作国民党失败之肇始。高高在上，脱离大众。山上松月庐，乃蒋介石、宋美龄下塌处，有游泳池等洋派遗迹。可叹人去楼空，风流随雨打风而去，还不如山间尘土，积厚育根。

防风氏祭[1]

洪荒自然不恤情，黎民向天乞残生。
防风阻水足踏渚，疏渠导湖心发声。
会稽山高趋步慢，大禹功成折良弓。
行人至此总驻足，荷花出泥傲德清。

箱根观天山[2]

登山方知近山远，山中归来不见山。
无影才觉太阳直，有形总恋圆月天。
水声处处皆神似，鸟鸣声声都律严。
一世两界有何异，无非仙境与凡间。

---

① 2018年7月21日。举家同游浙江德清县长渚湿地公园，拜祭防风祠。据说夏禹治水成功后邀天下诸侯在会稽山庆贺，防风氏在赴会途中遭遇天目山山洪暴发，百姓流离失所，防风氏投身防洪抗灾，故未及时赶到庆贺会。禹怒，杀了防风氏，后知真相，为其昭雪，并封其为防风王，令造防风祠供奉防风氏神像。现祠为1988年重建，匾额上写“风山灵德王庙”，祠中防风氏神像高大慈祥。有功于人的，人都不会忘。

② 2018年7月31日。途经日本箱根，抽暇到山路上走走。约40万年前，这里是火山口，所以才有今日温泉之乡的美誉。这里的山不高而幽，房不多而雅，清幽静谧之地，使人置身其中而可忘尘世之喧嚣和功利，确有精神疗效耳。箱根因温泉而吸引众多游客，人称“国立公园”。

相模湖观花火①

灯船泛湖祈愿满，青山相语望云间。
忽如一夜倒春暖，天上湖边花竞妍。
鱼沉星隐俱羞惭，神祭祖迎多少年。
也见一二佯狂客，不观花火只凭栏。

河口湖听乡音②

映山山五色，泛舟舟徐行。
太石见黑葵，芦苇隐躁虫。
灼日炙足元，熟语慰乡情。
湖边垂钓者，已闻瓦釜鸣。

---

① 2018年8月1日。相模湖是神奈川县相模原市绿区的人造湖，1947年建成，是“二战”后日本第一个人造水库湖。本与同事相约去看当晚湖上的烟火表演，但因事在东京耽搁，途中又上错了一次地铁，虽坚持到场，但到后只见人流正如潮水般退去，我出地铁，人流进地铁。但既来之则看之，我们仍以观烟火的心情逆流而到湖边，除了看到一排排空荡荡的座椅外，竟观赏到了最后两束焰火，而已散去的人群，就无此眼福了。幸福无早晚，来去皆随缘。

② 2018年8月3日。途经河口湖大石公园，下车短暂一观。河口湖为富士五湖（富士山周边的5个湖泊，河口湖外还有山中湖、西湖、本栖湖、精进湖，皆是因富士山喷发而形成的堰塞湖）。湖水清幽，群山环绕。垂钓者二三，静如湖石。我见垂钓者，只想湖鱼鲜。公园正在举办花展，五颜六色的花儿摇曳顾盼，或雅静或妖冶。湖边芦苇亦显纤细，湖中有游船缓缓而行。公园不大，但中国人不少，故乡音袅袅，无异乡之感。此景恰应我在《文化展痕·行吟集》的“后记”中写的一段话：“我每次听到、看到人们在争论怎么才算得上中华文化走出去了，就忍不住要自言自语：最简单的衡量标准是，只要有一个中国人走出国门了，中国文化就从形式到内容都走出去了。因为任何一种文化都融汇在这种文化所养育的人的血液中，文化养人，人载文化。”随着越来越多的中国人走出国门，中国文化世界化的步伐也在加快。

忍野八海[①]

半分清池八处开，真气迷魂引客来。
曾经沧海今如井，一线幽深无天外。
冰肌醒面泠泠然，富士隐焰灿灿靄。
羡鱼日啖泉中云，摆尾如钩挂镜台。

老界岭白首聚[②]

黑发少年今白头，执手仍作旧时游。
虫恋花蜜树朝阳，情随山风心难收。
坚壁立松罅土生，绵水抱石鬼见愁。
卅载如烟汇云雾，茱萸盈果待秋收。

送女儿远行读书[③]

小女羽丰将欲行，倚门劝母作细声。
舟成自当驰阔海，鸟不离巢翅怎硬。
频频言及幼时事，一一话别重若轻。
万里高处云有时，何妨顺势观天星。

---

① 2018年8月3日。途经日本山梨县忍野村，见到了传说中的忍野八海，实际上就是一个涌泉群，乃富士山融化的雪水形成的八个错落有致、大小不一的清泉，一千多年前就有了。水极清，深可鉴底，鱼鳞见片，水草如陆生，不愧为“日本九寨沟”。

② 2018年8月10—12日。河南大学中文系八七级二班同学相约在老界岭聚会，昔日少年皆白头。老界岭位于河南省南阳市西峡县北部，山无特色，但同学相见情义无价。

③ 2018年8月19日。女儿从上海虹桥机场经广州到纽约哥伦比亚大学读书，一应申请注册住宿等皆其独立完成，现又一人独行。父有忧女无惧，在为女儿骄傲自豪的同时自己又有南山之马之憾。

晴夜行见云[①]

灯笼晨昏夜无涯，街歌巷曲音喑哑。
童声在耳如昨昔，发曾冲冠所为咋。
云飘可行万里远，最痛不知泪满颊。
终同古今父母心，五谷可丰女别大。

井大新生入学[②]

秋裹艳阳待新人，蝉鸣凉月已惜身。
乱叶迷离时拭目，声色撩神终守真。
青竹不觉细土浅，池鱼濡沫盼水深。
归心守本应如常，寻梦弄帆破晨昏。

---

① 2018年8月21日。与女儿分别第二天，从学校回家途中，见天蓝云白，竟痴痴想白云不知能否飘到女儿身边，不觉泪下，一路不止，竟至嚎啕。养儿育女，终要送至远方。为父为母者，一世儿女忧，此乃人伦运命，只能慢慢习惯适应了。

② 2018年8月29—30日。井冈山大学新生报到，校园顿时热闹起来。看到这些朝气面孔，自己都感觉年轻许多。盼青春少年，励志历艰，成才报家国。

“无中生有”谈文化①

一抹晨曦几叶舟，数色珠贝待潮收。
露醒沾衣蛛挡道，殴孤唤侣翼添皱。
群贤毕至论中外，兼收并蓄无生有。
江河有限海无界，云蒸气蔚逍遥游。

国交院20周年庆②

秋风秋雨秋渐浓，樱蕾樱蕊樱待红。
同济伟才共负重，国交鸿运世昌明。
梦播四海已成林，情汇故土仍翻腾。
油然作云任挥墨，沛然落雨苗自生。

---

① 2018年9月15日。从井冈山机场经徐州到大连，参加大连外国语大学“2018第二届中华文化海外传播大连论坛”。论坛由中国新闻史学会全球传播与公共外交专业委员会、大连外国语大学主办，来自北京大学、清华大学、中国传媒大学、复旦大学、中国外文局、北京外国语大学等海内外300位专家、学者参加了论坛。论坛主要议题：人类命运共同体理念与国际传播研究、对外传播视阈下的“一带一路”研究、对外话语与国家形象构建研究、新时代中华文化海外传播创新研究、世界其他国家文化海外传播的经验与启示研究、孔子学院与文化走出去研究、中华典籍海外传播研究、比较文学与比较文化研究等。我在发言中提出：文化传播的最高境界是不知不觉，柔若无骨，即化在其他文化之中，似“无”实有。

② 2018年10月21日。国际文化交流学院举办20周年庆。1998年我到同济大学文化艺术系工作，当时留学生的汉语教学由文化艺术系负责，我也就自然而然成了一名对外汉语教师。2007年，我转调国际文化交流学院，从此与留学生教育再未分开，至今也已整20年：弹指一挥间，甘苦皆泪弹。昔恋黑发浓，今搔白头短。伏枥细耕作，梦播大同圆。深憾因井冈山大学公务需回，未能恭迎老领导、老教师和四海宾朋，遂于火车上草成此诗助兴。

贺“一带一路”语言文化传播校企联盟成立[①]

校企平台水陆通，一带一路世界行。
帆张远行何惧浪，青果沐阳总会红。
天蓝须臾有风雨，夜黑漫漫藏黎明。
纵然山高石如铁，齐力磨针定海中。

沪京赣三地行[②]

夕辞赣江岸，晚眠浦江畔。
同济迎旧朋，包子披萨谈。
渔阳联盟启，共兴天地撼。
朝居京城北，午食青原南。
三地桂同香，悠然心自远。

---

① 2018年10月24日。同济大学主办，上海华文教育基地、国际文化交流学院、德国研究中心承办的“第二届中国北京国际语言文化博览会”系列论坛第一场“一带一路”语言文化共兴发展论坛在北京渔阳饭店召开。会上，“一带一路”语言文化传播校企联盟正式启动，并发布了“联盟宣言”，标志着以校企合作共推“一带一路”语言文化传播的“同济模式”正式面世。同济大学常务副校长伍江教授对论坛的举办和联盟的成立表示祝贺，并表示：汉语和中华文化作为一种软实力，可以为“一带一路”倡议的实现，在政治、经济、外交等领域营造出必要的和平环境。同济大学始终支持“一带一路”建设，在人才培养、智库研究、产学研结合等方面一直在坚持创新模式，搭建校企合作平台，形成中外文化交流的“‘一带一路’模式”。我介绍了发起联盟的初衷：希望推动校企合作以培养出能与“一带一路”人才需求精准对焦的专门人才，特别是在基础设施建设、城市变迁与环境、沿线国家安全机制、多双边人文交流、科技人力资源、基础设施建设技术与管理人员培训等领域，校企合作可以更好地形成“一带一路”人才培养“软硬科学相结合，面向问题和应用”的特色，建成“一带一路”复合型专门人才培养的直通道和快车道。

② 2018年10月20日，自吉安返沪。21日上午参加同济大学国际文化交流学院主办的中华文明传播论坛，再谈“包子文化与披萨文化”。21日下午乘火车返吉安。23日上午，赴教育部汇报井冈山大学申硕计划。24日在北京参加“一带一路”语言文化共兴发展论坛。25日晨自北京返回吉安，处理60周年校庆文艺演出和论坛事宜，并得知国家发改委已将井冈山大学申硕作为主要议题报国务院，甚喜。

双城记①

夕至海上晨在山，异地同温不换衫。
赣江水声犹在耳，黄浦岸边已凭栏。
并轨一日过三省，凌空二时月常见。
乡音本杂添新乱，发疏泛光仍旧颜。

井大60周年校庆（三首）

文艺晚会②

庐陵秋韵绵柔长，杜鹃花红漫染裳。
曼妙仙子云霓舞，铁衣卫士护丁洋。
同心携手一甲子，耄耋少年相扶将。
未来重启新征程，虹拱霞蔚耀井岗。

---

① 2018年11月5—8日。左继生副校长带队到同济建筑设计院商谈井冈山大学校园景观设计事。我提出四个建议：一是发掘校园老围墙的历史图片，做成校史展示墙；二是不要动校园内的山，因为那是校园之肺，之魂；三是将三食堂和翠湖中间的人行道都拆除，并和情人坡连成一个整体，打造一个阅读休闲的文化广场；四是将校园内的各处水景沟通连通，让水动起来，使校园更多灵性。外行论道，可能不着边际了，好在大家宽容。

② 2018年10月27日。晚，校庆文艺晚会圆满举行。校团委和艺术学院联合筹备，历时半年，暑假不休，精益求精，一气呵成。晚会围绕“不忘初心再启航，牢记使命创辉煌”主题，以大合唱校歌《我们创造明天的辉煌》拉开序幕，分为“梦萦井冈山大学”“杜鹃烂漫”“砥砺歌行”三个篇章。同济大学党委副书记徐建平教授与黄翔峰、陆英楠、刘春、张氢等出席观看了演出。

欧阳自远院士校训石揭幕[①]

八十老者似少年，健步如飞也健谈。
少小离家音不改，心在月球系吉安。
终得闲暇回故土，赤子拳拳感青山。
最敬铮铮民族骨，自尊自强立人间。

革命老区高校校长发展论坛[②]

穷山恶水磨铁肩，刀光剑影牢坐穿。
血撒润育新生命，泪干燃心盼明天。
老根如今泛新绿，红土仍喷炽热焰。
不忘初心父命在，砥砺艰行谱新篇。

厦大翔安校区晨行[③]

芙蓉楼前开木棉，叶子红伴棕榈边。
香山映雪不曾见，相思无果独居山。
群贤音熟如常客，栾实似笑夜未眠。
闽语不闻风吹茅，楼多无人窗多关。

---

① 欧阳自远院士是吉安人，著名天体化学与地球化学家，中国月球探测工程首席科学家，被誉为“嫦娥之父”，中国科学院院士。10月28日上午，其题写的井冈山大学校训石“广学坚守，勤思敏行”揭幕。校训石长7米、高2.6米、厚0.6米、重19吨，质地圆润，古朴大气，坐落于南区田径场和数理大楼之间的草坪上，遥望翠湖，背依学生会堂和樱花园，成为学校新的重要文化地标。

② 2018年10月28日。下午在井冈山大学新学术交流中心举行“传承红色基因办人民满意大学”革命老区高校校长论坛，同济大学发展规划部副部长、研究员蔡三发作为特邀嘉宾在论坛作了题为“‘双一流’建设背景下革命老区高校发展策略思考”特邀报告，我主持了特邀讲座和闭幕式。

③ 2018年10月29日。在厦门大学参加博士论文答辩。晚上失眠，第二天早起校园散步。校园美如生态园，南方有乔木，尤奇椰子叶。一节节长高，一叶叶剥落，让我想到发电的风车。而其光洁的树干，不拖泥带水，亦有高洁之质。校园美，学生寥廖，人负花草。

寻松菇不遇[①]

久居江西已为家，陋室新朋皆帮搭。
细雨过后菌菇出，山茶含苞初萌芽。
邻人教我备锄铲，相携寻宝消秋暇。
盈日但观松落针，独羡二三鸡衔花。

重游大明湖[②]

曾经少年今白头，稼轩祠前意气收。
湖光山色旧颜在，柳垂水清鸟啁啾。
画舫亭榭总碍眼，石桥游船弦丝愁。
熙熙往来皆是客，恍然如见黑白妞。

---

① 2018年11月4日。听井冈山大学同事讲，秋冬之交的松菇最鲜，尤在雨后。今天久雨初霁，午后整齐装备，手提一把铲子，到行政楼右侧小山寻松菇。松针很厚，偶尔有蘑菇冒头，但不知可否食用，不敢采摘。山坡上山茶花白，却为深秋难得养眼之景。虽空手而回，有此行，堪作谈资，无憾了。

② 2018年11月10日。9日晚从吉安经徐州到济南。10日上午，与济南老友同游大明湖。济南变化大，已非旧时印象，也无昔日景象了。过度规划的城市，看起来更像模具，而失去了很多给人留下记忆的东西，哪怕一块砖，一道刮痕。但大明湖的垂柳依然妩媚，且有岸然色。

泉城·孔子学院智库论坛[①]

初阳破雾泉城暖，黄叶知秋蔽蓝天。
孔孟之乡杏坛立，院阔足客纵横谈。
伏案谋局开新路，浓笔挥洒只等闲。
柳沾雨露风吹丝，润泽四方心怡然。

昭和纪念公园赏红黄叶[②]

樟叶满地映黄天，枫红偷去半日闲。
络绎多是蹒跚客，白发半鬓成少年。
锦鲤金口吐瑞气，池鸭停蹼顾自盼。
樱林催眠托一梦，冬枝花开已漫山。

---

① 2018年11月10日下午和11日，分别参加了山东大学“孔子学院研究与智库”高峰论坛的圆桌会议和主旨演讲，参观了该校的中华文化体验基地。论坛由山东大学主办，山东大学孔子学院研究中心、国家汉办/山东大学中华传统文化研究与体验基地承办，孔子学院总部/国家汉办指导。我的发言题目是“孔子学院可持续发展的十个关键问题”，相关内容后来整理发表在《中华时报》（2019年1月10日，“学习强国”2019年12月11日转载）。围绕这次论坛，我先后在《国际传播》（“打造中外共建共享机制 推动孔子学院可持续发展”，2018年第6期），《广州日报》（“‘一带一路’孔子学院科学发展的辩证路径”，2019年9月3日），《中国教育报》（“建设‘一带一路’孔子学院 推动构建人类命运共同体”，2019年9月12日），凤凰网（“疫情过后，孔子学院发展应按下四个快进键”，2020年4月10日）等媒体发表了相关文章，对多年参与孔子学院工作积累的想法表达了一二。

② 2018年11月16日。到日本樱美林大学开会，会议间隙乘火车参观日本昭和纪念公园。园内樟叶全黄，落地无数，而枫叶仅红数片。园内一大片樱树林，让人自然联想到盛开时的美景。公园很大，游客多老人。能得半日闲，竟觉奢侈。

绥远山村扶贫[①]

逶迤路深寻绥远，缓行惊心临深渊。
才觉滴水有清意，忽过刀壁又一山。
路遇鸡鸭三五群，自在黄牛常望远。
村中老妪频塞果，老屋问暖同声赞。

过永新阿育塔[②]

天外飞石镇江龙，山破水裂兀立峰。
佛法东来觅净所，一柱擎天斗牛冲。
阿育成王因嗜血，放下屠刀播和平。
世道永新赖初心，惊雷吟啸吐彩虹。

---

① 2018年11月23日。随彭涉晗书记、肖长春副书记到井冈山大学定点扶贫村永新县绥远山村调研精准扶贫工作并慰问困难群众，实地查看了学校帮扶的高产油茶和红心猕猴桃种植产业扶贫项目。在村委会看到了精准扶贫材料，极其严谨认真。村在深山中，耕地仅村前村后几处，且贫瘠。村中仅见老人，未见青壮和小孩，老人们说年轻人都出去务工，也把孩子们带走了。在一农户家见到了晾晒的山茶籽，山茶油也是村民的收入来源之一。田里有几头黄牛或走或卧，鸭群和鸡群不少。往返皆山路，崎岖不平，一边陡崖，一边深渊，步步惊心。要想富，先修路，交通不便仍是山村富裕的掣肘。

② 2018年11月23日。下午从绥远山村返校途中过阿育塔。塔立于磨溪岭上一处突兀而起的峻岩绝壁之上，四周皆深谷，藏龙江缠绕而过。塔为峰，峰亦为塔，交汇一体。通塔只有一条天然幽径，需借崖壁铁链才能攀缘而上。塔顶有一小庙，坐北朝南。庙门后侧是一个观日台，直面悬崖，立此处，如立云中，有羽化成仙之感，若不俯瞰幽谷的话。据说古印度阿育王皈依佛教后，除在印度广建寺塔外，还派僧人到国外传教，此塔即为当时僧人所建。

秋溪岭怀古（二首）[①]

龙源口大捷桥

望月亭铸英魂碑，龙源流长秋溪水。
硝烟散尽音在耳，拐枣凝目注余晖。
桥石无语留岁痕，庙槛有缘接红锤。
井岗杜鹃烂漫时，风过花伏听号吹。

初心

一山一水一座桥，风吹雨打自逍遥。
望月厅里运帷幄，敌寇自此惊遁消。
革命本非浪漫事，决然向前头可抛。
初心为民固真源，万里江山竞妖娆。

---

① 2019年9月18日。井冈山大学校领导班子到秋溪岭开展“不忘初心、牢记使命”主题教育学习研讨实践活动。首先在秋溪支部讲堂学习了《习近平扶贫论述摘编》，然后瞻仰了望月亭、龙源口大捷桥，在秋溪党支部旧址和誓词广场重温了入党誓词。

龙源口大捷是秋收起义后井冈山革命斗争时期取得的第一个重大胜利，打破了国民党军队对井冈山革命根据地的第四次“进剿”。沿着先烈们的足迹，走过大捷桥，拾阶而上，就到了位于半山腰上的秋溪党支部遗址。秋溪党支部是毛泽东亲手创建的第一个农村党支部，有效组织发动了广大农民群众投身中国革命斗争事业中来。在誓词广场，瞻仰了现存的最早的中国共产党的入党誓词：“牺牲个人，言首秘蜜（严守秘密），阶级斗争，努力革命，伏（服）从党其（纪），永不叛党。”这份誓词1931年出自共产党员贺页朵之手，写在一块布上，在白色恐怖笼罩井冈山地区的严酷环境中，他坚持珍藏了20年，代表了贺页朵等共产党人坚定的革命信仰，忠贞不屈的革命斗争意志。

重游滕王阁[①]

廿九仍是少年身，浴火重生代代新。
无非歌舞宴乐地，竟成胜迹赖一人。
谁说文人无是处，天马行空也似神。
每登都有拍栏意，触木非真顿失心。

大连黄昏观海[②]

垂柳如烟锁池塘，落叶满地染路黄。
喜鹊筑巢攀高枝，渔人归航鱼满仓。
临海顿觉生无限，入滩望远伤国殇。
夜昏钓者仍不去，梦绘蓝图又一张。

南昌谈井大建孔子学院[③]

红旗漫卷非日霞，紫气东来气催花。
问渠清许难忘本，五峰同祝杜鹃杀。
生人全赖父母恩，梦圆怎忘黄洋狭。
井大情寄华夏梦，浮萍顺势能靠涯。

---

① 2018年11月24日。从吉安到大连，经南昌，重登滕王阁。旧地虽为胜迹，阁实为1989年重建。

② 2018年11月25—27日。从吉安经南昌到大连，在大连外国语大学旅顺校区为文化传播学院研究生讲文化国际传播方法。校园面海依山，冬意显然。喜鹊窝密度很高，人嫌鸟闹，但鸟们都不喜欢寂寞，彼此就都不觉吵，而觉喜庆。26日下午，课余到旅顺南路上的海边踱步，在码头上见到一艘刚到岸的渔船，正在卸鱼。一条地铁线绕海而行，直通市区。在地铁里观海，应不郁闷。沿岸沙滩上有很多烧烤设备，但冬天无人。黄昏下，大海苍茫，见一人仍在礁石上垂钓，夕阳映照下成了一道生动的剪影。

③ 2018年12月14日。到江西省教育厅国际处谈与印度合作办汉语教学中心事，同时建议以此为核心，在井冈山大学成立印度研究所，时机成熟时建成江西省的印度研究中心，作为智库机构，加强中印人文交流研究，与印度的汉语教学中心相互补充和支撑。

伴夕阳自京归山[①]

凭空万里看白杨，雾托夕阳倒冬光。
叶落才露枝粗细，事临方知情短长。
汉传天下非等闲， 播种四野风飞疆。
壮志登高常不显，太虚涵心纲目张。

井大·曼格拉姆汉语教学中心签约[②]

风从海上起，浪纵困申城。
四顾路皆阻，隔窗辨雨晴。
云怜叠天梯，邀我同赴京。
四海宾朋至，执手谈大同。

---

① 2019年1月9日。上午到汉办，就井冈山大学与印度曼格拉姆大学合办汉语教学中心事汇报准备情况，国家汉办党委书记、副主任，孔子学院总部副总干事马箭飞听取了汇报并表示支持。国家汉办发展规划处处长王甬进行了具体指导。下午回吉安，空中见雾开一角，杨树托云，充满希望。

② 2019年8月11日。上午，中印高级别人文交流机制第二次会议系列活动——“第二届中印语言教育交流合作研讨会”在北京举行。会议由孔子学院总部主办，主题是“中印语言教育的创新发展”，来自中国8所高校和印度18所高校的负责人、孔子学院院长、汉语系主任、著名专家学者和优秀师生，共100多名代表参加了会议。会议期间，孔子学院总部与印度曼格拉姆大学签署了共建汉语教学中心的协议。我本订好了10日从上海到北京的机票，但10日台风利奇马来袭，上海到北京航班取消。拟换乘火车，但火车车次也取消不少，我从10日一直抢票到11日凌晨，都无果，只好抱憾遥祝。

戊戌岁首登井大回春亭[①]

淡昏几抹暗江影，青竹数株迎客行。
啼声屡易只一鸟，戏语迭起树穿风。
松针铺被怕人扫，恐到春日无虫鸣。
花冷裹心暖新蕾，一人独拥一座峰。

井大春晚（二首）[②]

一

一冬无雪只见雨，夜阑卧听雾成丝。
三更鸟鸣唤倦客，四时晨鼓盼曦息。
山覆落叶无所适，待腐成液哺新衣。
风急心骤稳行舟，三千井冈子弟旗。

二

三千子弟上井岗，翠竹如炬意激荡。
临行母嘱多加衣，风寒水冷雨湿裳。
代有传人百岁短，泰初有道也经霜。
除旧迎新人欢乐，五指峰起祛国殇。

---

① 2018年12月31日。下午，独上井冈山大学西南门口小山。山上有两座小亭，从里到外分别为听松亭和回春亭。回春亭临街而立，远观可见骡子山、赣江和火车站，风来常有沧桑感。

② 2019年1月12日。在井冈山大学和吉安职业技术学院看望风雨中坚持排练的学生。2018年12月起，因2019年央视春晚设立了井冈山分会场，并有“江西7分钟”的演出，井冈山大学接到任务，组织学生作为群众演员进行排练。学校高度重视，选拔了2210名学生和62名干部、教师，按照“团、连、排、班”进行组织架构，将“支部建在了连上”，克服了低温冰冻等一系列困难，最终圆满完成了“板凳龙”“打糍粑”，歌舞《请茶歌》《映山红》《新的天地》，以及零点的火炬表演及重新改编的《十送红军》等节目，成为井冈山大学长期坚持以井冈山精神办学育人的成果展示。

故乡听雪[①]

覆巢露绒底，翅展见细毛。
万里共一雪，飘零执手少。
乡思融窗凌，鹅毛若无着。
凭光欲翻书，字浮墙难凿。

除夕思女儿[②]

枝头群雀竞争萌，柳摆拂云向心生。
万里洋波隔两地，千言万语指间鸣。
雪融土软根易深，香沉气厚待朝升。
羽丰自当向天飞，不羡蜉蝣学苍鹰。

春祭张巡祠前[③]

胡虏铁骑踏尘翻，唐风东逝漫无边。
旌旗蔽天旧城暗，忠义自古出中原。
张目敌寒千日短，巡士节厚万世传。
身死功垂成青史，江屏淮护凭梁汉。

---

① 2019年1月30日。从上海回商丘过年，一路雨伴，到河南境内大雨，车窗起水汽，一片迷蒙，车极难行。当晚大雪，确如鹅毛，唰唰飘落。多年未见大雪，颇兴奋。与女儿视频，知纽约也一直冰天雪地，寒潮横洗，担忧不已。若与女儿同观雪，估计就不觉冷了吧。

② 2019年2月4日，除夕夜。第一次不和女儿一起过春节，以后怕成常态，心伤不已。

③ 2019年2月7日。春节陪家人再游商丘睢阳古城。古城历来是兵家重地，也是诗书之乡。主要景观有应天书院、宋国故城、燧皇陵、张巡祠。张巡祠为纪念在“安史之乱”中为保卫睢阳而殉难的张巡、许远等人所建，拜祭。

水仙咏[①]

不贪人间烟火栽，只迎春寒次第开。
含翠欲破薄壁出，巧舌吐玉笑靥白。
通体水成因好洁，顾影自怜独自在。
待到百花竞斗艳，悄然入梦避尘埃。

笼中鸟[②]

春柳飘因春风起，笼鸟啼为笼栏实。
若非贪食嗟来米，栅锁缘何弄娇滴？
纵然丘壑仍在胸，展羽腾越不盈尺。
可叹人常梦飞天，寰宇无垠心自羁。

听鸟[③]

三更听鸟五更鸡，月潜门户影不齐。
脆声九曲争斗嘴，日出逐云各自飞。
一冬雨伴终遇光，目虽不适情难已。
花有重开人易老，伏枥徒羡风奋蹄。

---

① 2019年2月14日。春节期间，爱人所育水仙次第开放，洁白无瑕，名副其实水做的骨肉，不着寸土，不食人间烟火，自有一种高洁之魅之惑，比兰花更幽。

② 2019年2月16日。上海邻居一老翁善养笼中鸟，每日晨唤梦中人。然与井冈山大学山中鸟比，却迟鸣了二三时辰。城中鸟天性犹在，已然钝矣。时位移人，亦移鸟乎？

③ 2019年3月13日。凌晨，窗外鸟声大作，天天如此。歌声各异，犹如合唱。众鸟欢歌毕即不知飞向何处，我也不得不离开“原处”：睡不着了，起床做早饭。古人日出而作，估计也是闻鸟当时辰，难眠而起。

雨中“舟”行[①]

朝辞海上风，午至赣江畔。
圆月昨羞藏，玉壶仍影婵。
发疏先知雨，皮韧已习寒。
同心共一事，众志定移山。

送肖长春同志履新[②]

春风春雨送长春，长乐长福长思人。
杜鹃逢红总是喜，木棉吐蕊心性真。
去年水浅今池满，天涯处处可容身。
待到昌明迎客至，再斟山泉煮新笋。

庐陵文化旅游节[③]

二月青山遍地花，去年原约富水家。
文脉不绝如行云，天祥四野似飘纱。
蝶舞弄风柳不觉，气湿沾衣雾凝霞。
曾梦春雨羞入梦，待见阳明催新茶。

---

① 2019年2月20日。自上海返吉安途中，两地皆雨，空中倒见白云。

② 2019年3月4日。肖长春副书记调任华东交通大学党委副书记，感谢其一直嘘寒问暖，关心支持。

③ 2019年3月7日。上午，受邀雨中代表井冈山大学参加青原区第九届庐陵文化旅游节开幕式。文化旅游节的主题是“诗与远方，文旅青原”。青原山景区有“山川第一江西景”美誉，也是著名的禅宗祖庭、心学圣地、儒家理学大讲坛，所以开幕式设在景区的阳明广场，同时在国家级生态村、中国十大美丽古村落渼陂古村景区，中国历史文化名镇富田景区以及东固3个国家4A级旅游景区同步设立分会场，将举办全国诗歌大赛、旅游摄影大赛、庐陵古风非遗秀、民俗文化表演等活动，凸显青原山的学、渼陂的夜、富田的匠、东固的茶，全方位弘扬庐陵文化。庐陵古韵，风流长存。

“五一”自寿[1]

十五少年不知愁，五十白发数不休。
挥手别亲如昨日，恍惚有孙绕膝头。
窗里窗外三更雨，树上树下花瓣愁。
习风拂云不知处，春光不便心自游。

哈萨克斯坦行[2]

一日双城游，无月星显稠。
意兴挥不去，路远逐日走。
荒野常遇花，青石楔春秋。
风沙卷云处，五音曾同吼。

偶遇太湖落日[3]

迟暮鸟归山，戏鱼丹朱间。
林隐波里处，谁煮百里烟?
清兮濯倦足，气定自成仙。
春远孤舟近，日落清风闲。

---

① 2019年3月17日。五十一岁生日，在吉安独过。幼时常羡人老成，如今自己人已老，事无成，不知幼时所羡为何。

② 2019年4月1—4日。受哈萨克斯坦教育与科研部邀请，从上海经乌鲁木齐赴哈萨克斯坦考察汉语教育和文化交流情况。先后拜访了阿拉木图中国领事馆、阿拜师范大学、阿里法拉比民族大学、欧亚大学以及哈萨克斯坦教育与科研部国际合作中心，并接受哈萨克斯坦主流媒体访谈，就中哈共建中文教学和文化互动交流平台，新媒体汉语教育平台，“一带一路”语言文化合作机制和师生学术交流机制，联合编写服务学校和社会需要的“汉语+”教材，汇聚中哈两国语言文化领域的专家学者，共同打造同济大学的汉语与中华文化国际传播智慧中心平台，推动两国语言文化合作向高质量转变，中国当代文学和文化作品在哈萨克斯坦的翻译出版传播等话题进行了充分交流。

③ 2019年4月6日。清明假期，开车与家人游虎丘，路遇太湖落日，因迷春景而倒车异常，微撞后车，赔款言和。

井冈山·文化高峰论坛（二首）[1]

一

峰回路转藏千香，中外友朋会井冈。
胸怀丘壑汉风暖，情满五井文运昌。
梦播红土星火燃，水清四野春意张。
圆缺离合诗意在，他乡也可成故乡。

二

几回梦里到井岗，八方英豪意气扬。
红旗漫卷卷风起，南瓜遍地地生秧。
早已血热不惧险，更加志诚登黄洋。
化雨岂只满山雾，济世仁心自燃光。

---

① 2019年4月19—22日。同济大学国际文化交流学院和井冈山大学人文学院在井冈山市茨坪镇联合主办了“汉语国际教育与文化国际传播”井冈山高峰论坛。北京语言大学、华东交通大学、江西师范大学、国家对外文化交流研究基地、上海国际文化学会、世界面具艺术联盟、浩博教育集团、中文路教育科技有限公司、孜孜华文教育科技（北京）有限公司、《对外传播》杂志社、《国际传播》杂志社等合办。来自中国、韩国和新加坡的专家和学者代表160余人与会。开幕式上，井冈山大学党委常委、副校长黄俭根，江西省教育厅国际处处长雷杰华，北京语言大学校长刘利，华东交通大学党委副书记肖长春，国家对外文化交流研究基地主任陈圣来，韩国安东市议会议长郑薰善等先后致辞，并为“井冈山大学‘一带一路’语言文化传播校企联盟单位”和“井冈山大学孜孜华文教育科技（北京）有限公司‘汉语国际教育人才孵化基地’”举行了揭牌仪式。刘利、陈圣来、安然、郑通涛、吴赟、吴建广、贺宏志、胡春春、唐润华、吴英成、胡范铸、陈昌来等14位专家进行大会主旨发言，刘淑妍、禹昱等分别主持。圆桌论坛议题则涵盖“汉语国际教育学科建设与校企合作”“孔院调研和建设”“‘一带一路’与中华文化传播”和“面具艺术的民族性与世界性”等，并开设了青年学者论坛，主题为“汉语国际教育与科技”。《中华时报》（4月22日）、《江西日报》（4月24日）、中国社会科学网（4月25日）等媒体予以报道。

览兰州文溯阁四库全书①

鬼哭夜雨天地风，华夏汉韵四时同。
康乾盛世倏忽尽，锦帛心软怕祝融。
盛京蒙尘九州幸，黄河垂天一朝清。
丝路如缕不绝履，星轺疾驰八方行。

“江南”张掖②

西域文脉交汇地，骆驼留痕踏马蹄。
儒言佛光皆劝善，槐花牡丹不择期。
金戈戟鸣犹在耳，提剑夜行无寇迹。
正叹江南风光好，忽见窗前孤烟直。

---

① 2019年5月7日。“一带一路”语言文字工作调研，第一站兰州，西北师范大学座谈会后参观位于兰州市北山九州台上的文溯阁《四库全书》藏书楼。这里是兰州市的制高点，遥望黄河，三面环山，依山傍水，独享日月精华，宜所也。藏书楼仿天一阁规制，沿石桥入楼，即可参观“千古巨制——《四库全书》展”，展厅四周白色柱子上，则镌刻着宋儒张载的传世名言：“为天地立心，为生民立道，为往圣继绝学，为万世开太平。”黄河之滨，一山一楼书，寓意中华文化底蕴深厚，千秋万代，生生不息。

② 2019年5月8日。“一带一路”语言文字工作调研，第二站河西学院。这是我魂牵梦绕的地方，因为河西学院建有“贾植芳藏书陈列馆”“贾植芳研究中心”“贾植芳讲堂”。感谢河西学院精心安排，我在陈列馆内又见到了先生，还有按照先生上海家中样式摆设的书房，那是我常常在先生身边听故事的地方。我给先生敬献了鲜花，给先生鞠躬时泣不能语。抚摸着雕像，耳边又响起先生爽朗的笑声。我知道，这里是先生的家了，也是我们常来的地方，就如以往。

在河西学院座谈调研之余，参观张掖大佛寺，晚住张掖宾馆。望窗外，但见绿洲，不见沙砾，似塞北江南。一路所见，有水处即绿洲，无水处则黄土砂砾。水与沙，渴望相拥，却难相融。

七彩丹霞[①]

七彩祥云降人间，丹笔蘸描频点染。
美人梳妆皆是镜，朝挽青丝暮罗衫。
峰动搅海起伏涛，只见锦帛不恋山。
一路杨柳双蛾眉，迎客雨洗裙裳显。

嘉峪关上望祁连山[②]

千里连天云接雪，朔风如刀浑不觉。
凭台望远心似铁，春埋青冢冷秋月。
枕戈待旦弓在手，沙场常饮寇虏血。
醉梦飞燕叩鼓急，天下从此无关越。

---

① 2019年5月9日。“一带一路”语言文字工作调研，途中参观临泽县七彩丹霞，层峦群山，红、黄、橙、绿、白、青灰、灰黑、灰白等诸色纷呈，犹如以天为屋，雕梁画柱，鬼斧天工，气势磅礴，却又宛若彩色童话世界。

② 2019年5月10日。“一带一路”语言文字工作调研，途中参观嘉峪关。嘉峪关扼守山谷，虎视沙漠戈壁，是明长城最西端的关口，有天下第一雄关、连陲锁钥之称，也是古代“丝绸之路”的交通要塞。立关上北望祁连山，白云映蔚蓝，蔚蓝罩白雪。遥想当年金戈铁马，攻伐进退，多少英雄长叹，喑咽悲歌，都已随雨打风而去，留下这一座座关隘遗迹，静静地陪着祁连山的雪与云，让后人按照自己的故事写着古人的故事，民族融合的故事。

从嘉峪关到西安[①]

千里同一天，云雪映碧蓝。
不见鸟雀飞，人踪隔万年。
黛影疑似水，犹在双臂间。
曾经铁马疾，旌旗蔽雄关。

海峡两岸韵文学谈[②]

朝缀明珠午穿纱，翅展两岸只刹那。
丝竹弦断曾呜吟，红毛洋语盈海峡。
同根缠绕各有径，汁液共养枝与桠。
顺势应时成大统，求同存异归一家。

---

① 2019年5月10日。“一带一路”语言文字工作调研，返程途中，从嘉峪关机场经西安咸阳机场回江西。一路雪山白云，山挟成谷，冰融成泽，刚柔相济，无墙亦可成关。古代征战之苦，民生之艰，于此可窥一斑矣。

② 2019年5月16—20日。参加台湾世新大学举办的“海峡两岸韵文学学术会议”，与台湾同仁畅谈两岸文学发展异同、台湾原住民文学、中国当代诗歌的海外翻译，等等。会后参观新北市淡水区，包括淡水红毛城、真理大学、淡江中学、淡水老街、渔人码头等。这里是中西文化在台湾的早期交汇之地，建筑、饮食中西杂糅，在台湾现代化史上具有重要地位。

丝路行迹（二首）

交河故城①

黄土连天无寸差，日炙云白时断崖。
岁月留痕今难复，千年户牍仍避杀。
河交本为育苍生，佛兴原愿超凶煞。
可怜自古征战地，夜半无风也起沙。

天山天池②

山绿雪白两重天，碧潭无波龙伏渊。
云田倒悬四季谷，西域如今赛江南。
燕雀腾越志鸿鹄，兀鹫贪色慢盘旋。
可掬瑶池洗倦眸，扬目看尽万里山。

---

① 2019年6月27日。新疆农业大学邀请联合调研“一带一路”途中。交河故城位于新疆吐鲁番市以西13公里的一座岛形台地，因河水分流绕城下，故称交河，最早是西域36国之一的“车师前国”的都城，故城是公元前2世纪至5世纪由车师人开创和建造的，在南北朝和唐朝达到鼎盛，9世纪至14世纪由于连年战火，故城毁损严重，最终被弃。故城是世界上最大最古老、保存最完好的生土建筑城市，也是中国保存两千多年最完整的都市遗迹，唐西域最高军政机构安西都护府最早就设在交河故城，是丝绸之路的必经之地。断墙残垣间，依稀可见故城旧貌。是日极热，不敢仰视，鞋若无着，只觉发燎。五岁百合，在旁扶将，故不敢流露怯意，以免影响在孩子心中的形象。

② 2019年6月29日。新疆农业大学邀请联合调研“一带一路”途中。天山天池，古称“瑶池”，国家地质公园。湖在山中，水碧深幽。湖边鲜花盛开，游人如织，远眺则山顶白雪皑皑，融化处犹如发际线逐渐后移，山腰以下则如原始森林，绿意盎然。池水顺山而下，我则顺水而下。水流湍急，时有瀑布之状。水上有白云，白云下则有苍鹰凛然俯瞰，似在护卫瑶池。王母沐浴之地，果然非凡人能悟其中天籁神韵，亦非可近之地。

纽约李鸿章植樟树[①]

百年老树仍青壮，水土皆服生幽香。
同许经天纬地才，歧路故土当他乡。
纵马扬刀统南北，运筹帷幄天京亡。
秋深常有人驻足，俯拾落果才知樟。

登敬亭山[②]

厌作长坐客，终登敬亭山。
风里听竹萧，日下赏亭晚。
挥手揽千翠，饮月叹杯浅。
聚散本无理，云烟升醉仙。

---

① 2019年7月27—31日。赴美国卫斯理大学进行中国当代文学翻译方面的学术交流，途经纽约，在哈德逊河旁偶遇尤利西斯·辛普森·格兰特（Ulysses S. Grant，1822—1885年）将军国家纪念堂（General Grant National Memorial）。格兰特1879年曾访中国广州、澳门、上海、天津、北京等地，并与李鸿章等会面。1899年8月30日，李鸿章凭吊格兰特墓，循西礼献花环，捐赠500美元并赠送一棵银杏树。银杏树现有铁栏围着，但栏内有两棵树，不辨哪一棵为李鸿章所植。据说曾有中国大妈在树下捡拾银杏，还引起美国人好奇。大概大妈只知樟树，不知李鸿章矣。

② 2019年8月19日。与爱人途经宣城，登敬亭山。“山不在高，有仙则名。”诗仙李白《独坐敬亭山》，白居易、杜牧、韩愈、刘禹锡、王维、孟浩然、李商隐、颜真卿、韦应物、陆龟蒙、苏东坡、梅尧臣、汤显祖、施闰章、梅清、梅庚、石涛等文人雅士循着仙迹先后登临，赋诗、作文、填词、绘画，成就敬亭山“江南诗山”美誉。今我附庸慕名，蝉鸣声中寻幽探名。买票入门即见敬亭山石门坊，上刻楚图南的题字和李白、陈毅的诗作。过门坊，在昭亭湖畔见李白塑像，应已成山神。盘山而上，一路林荫，瞻仰北宋古塔后，过太白独坐楼，登临山顶。远眺处，南漪湖和水阳江烟波如诗。李白独坐楼临谷而建，视野开阔，山坡上是茶园。采露煮茶，挹邀众山。清翠满目，相看不厌。风流不绝，最羡谪仙。

和平乡纪行（三首）

从上海到加尔各答[①]

久慕圣地终成行，颠簸辗转夜到明。
八方来客共议事，中印共进促大同。
曾经淬炼有时断，经脉仍连抗飓风。
沙丽轻曼喜绕山，丝路络绎响驼铃。

中国学院听汉歌[②]

音若天籁百年清，福传环宇世界行。
一片树林随风长，二三牛群听万虫。
心有世界天地大，僻壤代燃和平灯。
最喜学子吟汉歌，堂前青草亦和鸣。

---

① 2019年9月5日。受中国驻印度加尔各答总领事馆和印度国际大学邀请，赴印度参加“中印治国理政经验比较”国际研讨会。5日下午5:15从上海虹桥机场经昆明长水机场（晚8:35）到加尔各答机场（当地时间5日晚11:50）。出机场后与其他中国学者汇合，同乘车去泰戈尔的“和平乡”(Santiniketan)。路上奇堵，皆大货车，小车在其中穿行，如扁舟入海。我第一次到印度，事事新奇。印度司机们应该都已习以为常，累了就把车停在路边休息，这又加剧了拥堵。无聊中我看见四周大货车的车厢上都画有各种图像，有人物，有画，是不是都是在讲印度故事？因为路常堵，就不约而同在自己的车上画图讲故事，遇堵则为别人掀开书，娱人亦自娱。若真如此，则充分说明印度人乐观到骨子里了。从加尔各答机场到“和平乡”距离并不远，摆脱拥堵后以为可以飞驰，但驿动的心很快又平复下来，因无高速公路，且公路崎岖不平，还有一段段泥路，常常颠簸起伏，车行并不能快。更有趣的是，路上还常有牛群和卧犬挡道，见车来，它们只微微抬眼睥睨一下，行色自若，不为所动。我给司机一瓶水，安慰他不要着急，司机回笑，也不解释。终于，天亮时看见了“和平乡”，司机又分别把我们送到不同的宾馆，然后挥手告别。我进房间后，先是看到有几种黑色爬虫正在自由运动，被子能大致看出是白色。拟冲澡，一开始未明白浴室内设置，以为不能洗浴，后在中间墙上发现有热、凉两个龙头，一只桶和一只马勺，于是明白。两个水管分别放水，调匀温度，然后以勺浇洗，疲劳顿失。此时天已大亮，亦难眠，出室散步，发现身已在福中，置身生态园了。

② 2019年9月6日至7日。“中印治国理政经验比较”学术研讨会在国际大学(Visva-Bharati)召开，我的发言题目是“Tagore and China: If without Tan Yun-shan”。会议期间，向中国学院赠送了三本书：《泰戈尔在中国》（第二辑）、《从泰戈尔到莫言：百年东方与西方》、《泰戈尔与中国现代知识分子》，并代表井冈山大学聘请尼赫鲁大学邵葆丽（SaBaree Mitra）教授、狄伯杰（B.R.Deepak）教授和国际大学阿维杰特（Avijit Banerjee）教授为“印度研究中心兼职教授”。

国际大学有校无园，大树庇荫，牛群遍地，狗群闲淡不吠。学生下课时，常有群牛在教室门口迎候，然后同行的画面，让人感叹人与万物和谐之美，阅读泰戈尔的一些困惑和感动，这两天得到了实地验证和释解。

加尔各答泰戈尔故居[①]

巷陋雨稠积浊流，笑语杂伴满街头。
蓦然色亮绿晃眼，访贤朝圣心无休。
德馨涵气抟扶摇，九天和暖揽五洲。
谁言稚儿寸心短，春风化雨禾黍收。

① 2019年9月8日。下午，与北京大学、清华大学、上海外国语大学、北京外国语大学等与会同仁乘大巴从“和平乡”到加尔各答参观泰戈尔故居。一路上，公路两旁村舍相连，还有茅屋，人皆显得闲淡自得。途中休息时第一次见到露天厕所，与稻田相连，既空旷也实用。到加尔各答后，先参观维多利亚纪念馆，一座白色建筑，高贵典雅。然后几经询问，穿街走巷，最后找到了泰戈尔巷，就到了泰戈尔故居，现在已成为Rabindra Bharati大学校园。故居是一幢红色建筑，前面是一处花园，花园里有一尊泰戈尔雕像。在故居入口处寄存好背包和鞋，进到二楼展厅，看到了很多珍贵的手稿和照片，客厅、卧室等都保留着原样，陈设不多。泰戈尔就是在这里出生和逝世的。在泰戈尔博物馆的“中国厅”，我看到了2012年4月23日上海市档案馆、印度驻上海总领事馆在外滩的上海市档案馆首发的《泰戈尔与上海》图册中的图片，我受邀参加了那次展览的开幕式，并拍了很多展出的图片，印象深刻。另外还有中国学者所编选的泰戈尔作品集和研究著作。有趣的是，进校后要拍照时保安上前收费，50卢比。在维多利亚纪念馆第一次知道印度门票内外有别，印度人便宜，外国人贵，若拍照则另收费，有的还要加上税。

茶陵·中印命运共同体[①]

金奈巨笔绘大同，鸟巢新声响茶陵。
神农躬作谕民勤，氤氲久育清士风。
云阳山幽不觉远，水淳书香犀守城。
弹指一挥千年梦，燃灯东西南北中。

感冒咏[②]

秋色满街独单衣，风袭雨降不预知。
一颤通体渐感热，物无具象虚作实。
头重脚轻鼻液满，天昏地黑梦涎溢。
路行喷雷惊童哭，蝶飞携香雀笑痴。

---

① 2019年10月13日。从吉安经长沙到茶陵参加“谭云山学术精神”研讨会。茶陵因地处“茶山之阴”，炎帝神农氏“崩葬于茶乡之尾”得名，是井冈山革命根据地六县之一，湘赣革命根据地重点县、模范县，毛泽东亲手缔造的中国第一个红色政权——茶陵县工农兵政府的诞生地，与江西井冈山市、莲花县、永新县和吉安市为邻。谭云山即茶陵人。本次活动旨在弘扬谭云山精神，推动中印大同，共建人类命运共同体。会上，我代表井冈山大学聘谭中先生为印度研究中心名誉主任，莫汉蒂（Monoran Mohanty）教授、王义桅教授、毛世昌教授、魏丽明教授、钱峰教授等为兼职教授。

10月11—12日，习近平主席在印度金奈同印度总理莫迪举行了两次会晤，“人文交流”都是关键词，也是茶陵会议的讨论热点。研讨会结束后，我写了两篇小文章，即《挖掘人文交流潜力，让中印“照亮”彼此》（海外网，2019年10月13日；“学习强国”同日转载）和《中印人文交流迎来新高潮，但印度“汉语热”遇教材瓶颈》（《人民日报》思想界专栏，2019年10月24日）。另外，计划于2020年春由井冈山大学印度研究中心举办“构建人类命运共同体与中印关系”学术研讨会。

② 2019年10月13日。从茶陵经长沙返吉安。在长沙火车站，天气骤冷且阴雨，人皆外套，独我T恤。几次欲开箱取衣，终嫌麻烦。回吉安后，天气晴好，17日参加学校运动会开幕式，人皆外套，独我衬衣。当晚意不适，昏睡如山沉，喷嚏如雷，惊吓路边儿童。此次感冒经历，前所未有也。一是以前从未像这次痛苦，二是改变了我对感冒的认识：都说病来如山倒，但这次感冒来时却如剥茧抽丝，绵绵软软，竟酝酿了好几天。有此认识，莫非我善病之始也？

重庆谈汉语传播[①]

午辞满地黄，夕至嘉陵江。
韭莲知风雨，嘱我加衣裳。
新朋忙迎伢，旧友聚一堂。
重庆事有继，再祝日月长。

① 2019年10月26日。25日晚从吉安到重庆，26日上午参加重庆交通大学首届“创新与发展：专门用途汉语教学”国际学术研讨会，与白乐桑教授、王辉教授相聚，见到了我作为兼职导师在重庆交通大学带的第一个研究生毕莲莲。我的发言题目是“汉语国际教育专业人才培养模式的几点思考”，大意为：要推动汉语国际教育发展、实现跨国有效传播，建构中华优秀文化国际理论体系是基础；体制管理层面，要实现培养计划和动态调整机制的统一，政府-高校-企业“三位一体”的自循环人才培养模式是发展的重要路径。下午与青年教师座谈，当晚陪白乐桑教授回同济大学，路上谈如何发掘整理保存作为汉语与中华文化海外传播重要资源的海外汉学家的历史价值和现实价值，深受启发。

“‘一带一路’与中华文化国际传播丛书”首发式[①]

苇渡云海自在飘，晨曦漫染早飞鸟。
雾都新朋驱寒意，红土旧识嫌聚少。
道合自古无远近，志同天涯哪有角。
“一带一路”共克艰，心瓣如号律跃跳。

---

① 2019年10月27日。作为同济大学庆祝中华人民共和国成立70周年的重要活动，同济大学国际文化交流学院、出版社、研究生院共同主办了“一带一路”与中华文化国际传播高峰论坛暨新书发布会。同济大学副校长雷星晖教授，上海外国语大学党委书记姜锋教授，上海市人民政府参事蔡建国教授，上海市委宣传部对外交流合作处副处长周强，法国国民教育部汉语总督学白乐桑教授(Joël Bellassen)，上海社会科学院国家高端智库资深研究员陈圣来，美国弗吉尼亚大学罗福林教授（Charles A. Laughlin），厦门软件职业技术学院校长郑通涛教授，复旦大学石源华教授，上海社会科学院世界中国学研究所所长沈桂龙教授，同济大学外国语学院院长吴赟教授、沈骑教授，同济大学经济与管理学院石建勋教授，同济大学人文学院王国伟教授，印度尼赫鲁大学中国与东南亚研究中心来可诗（Rakesh Kumar）教授，施普林格·自然集团大中华区总裁安诺杰（Arnout Jacobs），上海大学国际文化交流学院院长姚喜明教授，大连外国语大学文化传播学院院长张恒军教授等分别发表主旨演讲；同济大学国际文化交流学院院长刘淑妍教授、刘运同教授，研究生院副院长关佶红教授，上海财经大学国际文化交流学院院长孙冰教授，同济大学出版社社长华春荣、党总支书记段存广、总编姚建中，同济大学艺术与传媒学院执行副院长李麟学教授等先后主持了相关活动，海内外100余位专家、记者参加了会议。《人民日报》、央广网、中国新闻网、中国新闻出版广电网、文旅中国、科学网、中国社会科学网、上海教育新闻网、《文汇报》、《东方教育时报》、《广州日报》等媒体予以报道。

中国作家协会党组成员、书记处书记、副主席吉狄马加先生，北京语言大学原党委书记李宇明教授，井冈山大学党委副书记史胜平教授向本次大会赠送了书法作品表示祝贺。

吉狄马加：传播中华文化新创造　构建人类命运共同体。

李宇明：胜日寻芳泗水滨，无边光景一时新。
等闲识得东风面，万紫千红总是春。
——朱熹《春日》

史胜平：万水千山九州共享聚和气　一带一路两翼齐飞结同心。

论坛开幕式上，同济大学出版社出版的《“一带一路”与中华文化国际传播》《“一带一路”与海外华文教育》《“一带一路”与文化国际传播经典案例》《“一带一路”与中国当代文学走出去》四书首发。丛书的出版是上海市教委本级财政项目“‘一带一路’国家华文（普通话）教育推广行动”和“‘一带一路’专业人才普通话（华文）能力培育基地建设”课题的阶段性成果。上海市教卫工作党委原书记、市教委原主任薛明扬，上海开放大学校长袁雯，华东师范大学副校长戴立益，上海大学副校长聂清，上海市语委办副主任、语管处处长凌晓凤等支持指导了丛书的写作。

“英雄三岛”望金门[①]

金门咫尺一水隔，沙滩卧浪两岸着。
风拂光影白发渐，相遇难识谁是客。
炮仍虎踞硝烟散，花且嫣然笑无褶。
沧桑何须怨夜雨，恩仇已泯芭蕉歌。

“中国工程院院士走进井大”暨第十届“同济学术周”开幕[②]

昨日阴雨今如春，院士情热赤子心。
师生箪食盼客至，喜鹊枝头吐妙音。
指点迷津恨日短，把手同绘笔殷殷。
从来英雄不惜血，岁寒杜鹃亦知真。

---

① 2019年11月14日。到厦门大学参加博士生论文答辩，结束后参观金门炮战旧址。从望远镜看去，金门近在咫尺。

② 2019年12月2日。下午，“中国工程院院士走进井冈山大学”暨第十届“同济学术周”开幕式举行。中国工程院电子信息学部七位院士，包括中央军委科技委科学顾问卢锡城、同济大学校长陈杰教授、空军研究院研究员陈志杰、西安电子科技大学原校长段宝岩教授、中国信息通信科技集团总工程师余少华、哈尔滨工业大学精密仪器工程研究院院长谭久彬教授，以及同济大学党委副书记徐建平，吉安市委领导、校内外专家学者300余人出席开幕式。同济大学校长陈杰、井冈山大学校长曾建平分别致辞。陈杰指出，两校自2005年建立对口支援关系以来，同济大学举全校之力，坚持“立足实际、突显特色、以点带面、规范运作”的原则，建立了两校长效工作机制，与井冈山大学在学生联合培养、管理干部挂职交流、科研项目联合申报、国际平台引进搭建等方面重点开展了多项合作，取得了积极成效，不断助推井冈山大学实现办学水平的跨越式发展和办学能力的全面发展。两校在合作征程中，同心砥砺，共同发展，凝结了不可分割的深厚情谊。同济大学校长办公室副主任陆英楠、史成宇参加了开幕式。

当晚，七位院士和同济大学党委副书记徐建平、井冈山大学全体校领导、校内外专家学者、红色励志班学员300余人一起观看了音乐舞蹈史诗《井冈山》第256场教学演出。演出结束后，七位院士走上舞台，亲切接见了参演的大学生演员，卢锡城院士发表了热情洋溢的讲话。他表示，在革命老区井冈山观看这台演出，内心始终有着一种特殊的情感，希望井冈山大学全体师生更加进一步弘扬井冈山精神，传承红色基因，为早日实现中华民族伟大复兴的中国梦作出自己的努力和贡献。

《江西日报》（12月5日）以“七位院士指导井冈山大学改革发展”为题报道了此次活动。

2019年“同济学术周”聚焦井冈山大学学科建设与发展。开幕式上，同济大学学科建设办公室副主任冯世进教授和同济大学软件学院院长赵生捷教授分别以“同济大学学科建设与发展”和“同济大学软件工程学科建设与探索”为题做了学术报告。同济大学材料科学与工程学院景镇子教授、林健教授，文科办主任陈强教授，建筑与城市规划学院金云峰教授，数学学院孙继涛教授，医学院党委书记张军、副院长王平，环境科学与工程学院副院长徐斌教授、杨殿海教授等分别举办了学术报告会。

当晚酣睡。

欧阳修故居怀古[①]

山风一路偶遇花，闲牛三两踏田洼。
耕余追忆旧时诗，唤友同寻西阳沙。
浊酒今冬无笋伴，清世气厚赖六甲。
徒羡枝头啁啾客，晨吟夕眠欧阳家。

中外师生过小年[②]

北方小年今南迁，松针铺被枕山眠。
冬风竟扮春郎面，细雨如发频撩前。
道旁见稻只思麦，梦里意气常冲天。
如今命运成一体，哪有海角无涯天。

---

① 2020年1月13日。寒假开始，因留学生17日还有活动，缓回上海。上午与同事到吉安永丰县沙溪镇参观欧阳修故居——西阳宫。西阳宫前有圆形拱门，门顶上书“西阳宫”三字。右侧是泷冈书院，左侧是欧阳文忠公祠，以及《泷冈阡表》碑亭。故居与欧阳修中学为邻，羡慕学子们日浸诗书。下午到永丰县城永叔公园内的欧阳修纪念馆，纪念馆与恩江石拱桥遥遥相望。主要建筑有醉翁亭、六一亭、至喜亭、《泷冈阡表》碑亭等，还有欧阳修石刻雕像、“画荻教子”雕像、“文坛泰斗”两组人物青石雕像及文化长廊、纪念碑廊等，另有状元楼（宋）和报恩寺塔（明）。馆名由启功题写，馆内介绍了欧阳修的生平、政绩以及文学、史学等方面的贡献。

② 2020年1月17日，农历小年。200多名中外师生齐聚一堂，提前过了一个有浓浓年味的中国传统佳节。猜灯谜、写春联、贴窗花、剪纸，唱中国红色歌曲，跳民族舞蹈，其乐融融。

首乘高铁自吉安返沪[①]

三年期许终成真，一日两地可绝尘。
奔波时有困乏意，静思莫名乱走神。
情深都因青山厚，魂忠仍做挖井人。
守心正步慎独处，搔首发疏月遮荫。

抗疫志[②]

新型冠状病毒肺炎

乍暖最寒天自偏，夕至星移鸟飞还。
正喜林中意渐绿，病毒突袭起硝烟。
武汉自古革新地，更有众志铸城坚。
妖狐觊觎常寻隙，中华从来不惧难。

封路[③]

一夜冬风万树瑟，欲发新蕾堪早摘。
昨日还争先后序，晨起门封花难开。
只因平时惯于堵，车可纵驰却易衰。
终悟逐浮皆身外，拂去行尘归陋宅。

---

① 2010年1月18日。早晨，首次乘高铁（G1386，7:34开）自吉安西站返沪。高铁通，对井冈山大学的发展也有利。自2017年底到井冈山大学工作以来，吉安通高铁也成为我的红色梦之一。2019年10月30日，吉安高铁终于正式开通运营，我梦得圆，今日如愿。

② 2020年1月23日。当天10时起武汉封城。2020年4月8日零时起，武汉解除封城。

③ 2020年1月25日。在商丘，拟回乡下老家，然村村封路，车不能通，只好车停大路上，步行回。亲戚之间已经互相通知：今年不走亲戚了。

野生动物[1]

日出日落日不息，气呼气吸气匀齐。
天地一体共苍郁，形异命同心连理。
取食有道不违序，捕鱼狩猎皆留余。
人情冷暖草木知，万物互为他人梯。

蝙蝠冤[2]

鸟非鸟兮兽非兽，造物弄鬼难辞咎。
昼伏夜出知貌丑，与世无争翼缚手。
苟活尽避浮华世，烹煮蒸炸入酥口。
筋软只因力不足，骨碎化毒为族守。

抗疫逆行者[3]

他人团聚你离家，挥泪逆行思无暇。
毒魔遁迹目如炬，烧尽朽木迎新芽。
白衣羞惭天上云，清流荡涤浊气煞。
日暮亲友如相问，曾送一春进万家。

---

① 2010年1月26日。据说新型冠状病毒肺炎源于食用野生动物（待科学考证）。人与万物本应和谐相处，取食应有时有序有度。就如孟子在《梁惠王上》中所说：“不违农时，谷不可胜食也；数罟不入洿池，鱼鳖不可胜食也；斧斤以时入山林，材木不可胜用也。”“鸡豚狗彘之畜，无失其时，七十者可以食肉矣。百亩之田，勿夺其时，数口之家可以无饥矣。”

② 2020年1月27日。据说新型冠状病毒肺炎源自蝙蝠（待科学考证），人贪吃，却甩锅于蝙蝠。

③ 2020年2月1日。白衣战士支援武汉，舍命向前，大爱无疆。

面孔①

曾经娇艳今面皱，生死时光从来骤。
隔空拥怀儿女泪，父母忍看心头肉。
肆虐病毒无孔入，灌注精神人道守。
大音希声群山默，旭日和煦伴你走。

元宵节窗前花②

花开枉有少年情，含苞风拂曾嫌轻。
五颜互赏自得意，九州闭户防病虫。
隔窗方知春又至，吐尽旧尘腹中空。
节来无灯裹余烛，燃心成林一片红。

春雨祈福③

风轻雨疏花独开，小径无人好自在。
去年旧柳仍恋枝，今春落英已枕埃。
病毒肆虐见冷暖，携手同行心不宅。
福至云散终有日，借来星河点绛腮。

寂静的春天④

幽居渐平烟尘心，三月日暖亦沉稳。
奈何鸟鸣千回啭，声急空等看花人。
梨园应恨今春早，一夜白头遍泪痕。
谁家萌童忽啼哭，划破晨昏抖精神。

---

① 2020年2月6日。晨，看到朋友圈转发的护士脱下护目镜、口罩后满脸皱痕的照片。
② 2020年2月8日，元宵节。从窗口望去，小区内春花已开，灿烂如昨，只是今年无人观赏。
③ 2020年2月11日。春雨如油，绵绵不休。祈福环宇，春到毒除。
④ 2020年3月2日。网课第一天。春天寂静，校园寂静，但知识的互动依然开始了。

疫期上山兼盼春暖[①]

非常时节非常行，路客寥寥语嘤嘤。
都说花有重开日，雨打夭残亦飘零。
妻女多虑殷殷嘱，母聋急心常即兴。
逢难益生少年气，科学防疫不多情。

山居初晴观窗外鸟[②]

鸟鸣细枝间，叶摇且作辇。
唤伴同食果，虚啄时问天。
雨后初霁新，人廖可等闲。
待到重逢日，春露同瑶泉。

---

① 2020年3月10日。下午，乘高铁（G1385）自上海至吉安西，晚11:19到吉安西站。车厢人少，一路未脱口罩，测了几次体温，到井冈山大学已近午夜。

② 2020年3月13日。雨后初霁，窗外鸟在树顶鸣叫甚欢，不为疫情所扰，闻之让人心安。

防疫读书记（六首）

重读《论持久战》[①]

强敌环伺路茫茫，宵小乱序意嚣张。
气韵沉厚目如炬，穿云拨雾召煦阳。
多难常是邦兴始，心聚何须争短长。
鞭辟表里入骨肉，集薪火浴出凤凰。

读《三国演义》之“赤壁之战”[②]

皇叔志大未逢时，仲谋无意橄榄枝。
群儒骨软常自保，二人同心惺惺惜。
白玉微瑕自掩瑜，夜深月明星更稀。
人逢盛时当自敛，莫学孟德无枝依。

读《三国演义》之曹植贪杯[③]

煮豆何须燃豆萁，美酒艳舞胜刀戟。
自恃才高无点墨，情真却难国钵依。
纸上谈兵古来笑，七步岂能跨万里。
《论文》虽藏市侩气，字字相搏兵不息。

---

① 2020年3月5日，凌晨重读《论持久战》，汲取抗疫力量和信心。
② 2020年3月12日。
③ 2020年3月16日。

读《三国演义》杨修之死①

泾渭清浊本无名，一览无遗亦不争。
绝妙好辞非说好，一人一口酥未剩。
鸡肋卡喉知命短，魂散无处纸帛轻。
明知虎卧不闭目，谁怜卿卿太聪明。

读《三国演义》之白帝城托孤②

伯言少语计既出，连营七百一火除。
赤壁东风余威在，可怜卧龙踞远途。
兴汉伐吴执小义，罔顾大节惜托孤。
经纬天地如织席，麦城败后再无蜀。

读《史记》之霍去病之死③

天妒英杰空嗟咤，流星穿月映漠沙。
如水无形善机变，草原无际好驰马。
位卑莫敢忘国事，翅展幸在帝王家。
纵浪大化生无憾，断肠人才思天涯。

---

① 2020年3月18日。
② 2020年3月22日。
③ 2020年4月1日。

疫期校园雨后即景[①]

一夜惊雷处处花，杜鹃丛中闻鸣蛙。
雨林鸟嬉抖新冠，泡桐寂寞披白纱。
叶落遍地有人扫，柳垂悄然掩新芽。
远山青黛仍如故，春风万里到天涯。

悼郝铭鉴先生[②]

霭然音容如煦风，笑谈烟尘湮时红。
雕刻时光成鼎势，方寸天地见巧工。
冬寒未尽人已去，春暖迟来谁同耕。
幸得点播多咬文，至今嚼字不大声。

---

① 2020年3月26日。疫情中的井冈山大学安静无比。昨一夜惊雷，风急雨骤。晨起，见鸟在雨中穿梭，想起傍晚窗前蝙蝠，自然想到"新型冠状病毒"。傍晚沿校园散步，但见桐花遍地，之前所见一地落叶已经清扫，独留风雨吹落的桐花和残枝。艺术学院后面的池塘旁的垂柳都已绿意萌萌，只是没人留意何时发芽。过新学术交流中心旁的杜鹃花圃，闻蛙声一片，此起彼伏，羡慕群蛙能藏身于花丛，只是不知花愿听蛙在身旁鼓噪否。

② 2020年4月2日。《咬文嚼字》杂志创始人、前主编郝铭鉴去世，享年76岁。年前我曾邀他老到同济演讲，他就告知身体不好，不曾想今竟驾鹤西行。郝先生曾在诸多场合讲述其之前编辑出版轶事，其中也有惊险故事，但都作笑谈。我则因《咬文嚼字》多识了不少汉字，也对汉字更多了敬畏。

清明国祭寄远[1]

清明雨霭霭，花白皆哀哀。
逝者安然息，生人慎追怀。
鸟鸣穿云远，涛声响四海。
春香虽不闻，梨花依旧开。

悼谢天振老师[2]

年近而立仍书生，沪上课堂听萧声。
贾府陈门时受教，同济外大代育英。
难忘谆谆教诲恩，循循常愧无所成。
唯慰译介通四海，阴阳无隔凌波行。

贾植芳先生逝世十二周年祭[3]

四千日月沉复升，百年运命劫又生。
一门植芳万家荫，四代承泽润无声。
人字如刃悬后颈，心血似海托舟行。
苦难淬火铸铮骨，笔墨磨剑指间鸣。

---

① 2020年4月4日，清明节。早上，天安门广场国旗升起后举行了下半旗仪式。全国和中国驻外使领馆下半旗志哀，停止公共娱乐活动，以表达全国各族人民对抗击新冠肺炎疫情斗争牺牲烈士和逝世同胞的深切悼念。

② 2020年4月22日。谢天振老师去世，想起当初在上海外国语大学听其上课情景，在贾先生家和各种场合受教情景，不胜伤感。

③ 2020年4月24日。今天是贾植芳先生忌日，因疫情无法去墓地凭吊，遥祭先生。

疫期自吉安回上海[①]

轺骑声急落叶飞，春风送暖窗扉推。
杜鹃渐红未满园，他年恩遇知是谁。
时如流星岁似驹，常思提辔纵驰追。
梁园静好因人勤，心田润泽有活水。

网络复试[②]

千里万里一线牵，三月五月不得闲。
欲揽贤士济四海，深植良种细耕田。
青春沉雄浑然具，神安心定气冲天。
五谷承运顺时节，坐拥金黄南山间。

---

① 2020年4月14日。接同济大学通知，返回上海。待在家隔离14天后返校工作。

② 2010年5月15日，全天研究生网络复试。因疫情未除，各项准备工作比较复杂，同事们精益求精，顺利完成。考生们精神面貌良好，知识掌握得全面，一年比一年好。

疫期开学[1]

春长静心伴花开，风细撩窗入梦来。
曾厌三餐食无变，今思盘中菜谁栽。
逢难更知立身命，翅硬才能济四海。
闲淡锦鲤应无恙，又逐落英羞桃腮。

贺“井冈山大学学术文库”出版[2]

三载深耕时披星，四季细作今有成。
执手共谋百年计，合心运筹定新程。
挖井喷涌两江水，抯酒留客庆谷丰。
梦里挑灯看书封，同济沧海鼓瑟笙。

---

① 2020年5月16日起，井冈山大学学生分批、分期、错峰、有序返校。

② 2020年5月28日晨。2018年5月10日，为了支持井冈山大学的学术发展，同济大学出版社社长华春荣、党总支书记段存广一行专程到井冈山大学参加出版合作座谈会，并向井冈山大学图书馆赠送了475册新书。双方就合作编制出版规划、共同打造出版品牌、创造条件设立出版基金等工作展开讨论，并形成了合作的初步设想。井冈山大学党委常委、副校长肖宜安出席会议并致辞。

2018年7月6日，井冈山大学学科办举办第2期学科建设论坛，邀请同济大学出版社张莉、熊磊丽、丁会欣就学术出版问题进行指导。

2018年9月28日，井冈山大学学科办组织召开了学术著作出版促进会，确定在同济大学对口支援框架下，以井冈山大学新一轮申硕工作为导向，打造“井冈山大学学术文库”系列，第一批申报书目30部，分三辑陆续推出。

2018年12月10日，“井冈山大学学术文库”出版签约仪式在井冈山大学举行。同济大学出版社党总支书记段存广和井冈山大学学科办主任冷明代表双方签订了战略合作框架协议。同济大学出版社社长华春荣与第一批作者签订了出版协议。同济创新创业控股有限公司总经理高国武出席了签约仪式。根据协议，双方将秉承“优势互补、互惠共赢”的原则，在今后三年内，共同打造拥有较高水准和知名度的井冈山大学专业学术著作系列、教材系列、主题出版、地方文化系列等学术出版品牌。

2020年5月，在抗疫的严峻形势下，同济大学出版社不忘初心，坚持按计划推出“井冈山大学学术文库”，为井冈山大学的学术和学科发展提供了硬实的基础，也推动了两校对口支援工作再上新台阶。

第二部分　风逅记

花儿（三）

一

一阵春风吹过，花园里的花相继开了，
有红有紫有白有黄……
同样的空气，同样的土壤，同样的阳光，
为何她们都不一样？

二

花期过了，群花败了。
几朵晚开的花儿，
在一片绿中，绽放粉华：
不竞相开放的花儿，是智慧之花。

三

花儿都去哪儿啦？
为何不见昨日的花？
一个走错路的人，
在找昨日的花。

花丛

花丛里，大笑的，微笑的，含苞的，
都在等待赏花的人。
不同的人，
欣赏着不同的花。

樱花（二）

一

三月的同济，樱花大道花开了，
有樱花，也有别的花，都美。
一阵风雨，一地落英，
樱花才成了樱花。

二

又是一年，又开樱花。
又见人云，又伤影碎。
又思几人看花，几人看人？
又梦几个新人，几个旧人？

泡桐花（二）

一

樱花树旁，几棵泡桐树，
朝天开着花，花大，也是白花。
樱花受宠，因其弱小，
泡桐花孤伶，因其强大。

二

童年的夏日，泡桐树叶上，
总挂着一只只裹着厚衣的黑虫，
我曾以为它们怕冷。
如今，只有树叶，只有寂静。

槐花

不是所有的花都能吃，
能吃的花都朴实，
还能酿蜜。吃花的人，
想的却常是妖冶的花枝。

映山红

映山红开了，无山处也一片红。
有的拥红无我，有的自恋独红。
赏花的人，
为何总爱一起的红？

桂花

桂花树，悄悄开了，
夜色都溢满香气。
有人摘去泡茶，有人悲悼落花：
成了诗。

心花

分分秒秒都开着，
不同颜色不同形状的花。
有时绽放，有时含苞，有时蓓芽，
你却都不知道是什么花。

花与荆棘

一片花，开得
比其他的花都清新而整齐。
花前有一簇簇荆棘，
隔开了她们与人的距离。

办公室的花

我想在办公室种一盆花，一抬头，
从窗外扑进来，
满溢的绿意和白色的花：
办公室成了她们的花了!

看不见的花

一棵大树，开满了花，小花，密密麻麻，
我却似乎没看到花；
一株野草，开了一朵花，小花，孤孤伶伶，
我却只看到了花。

花向

盆里的花，都伸着头，
朝向同一个方向，光。
田野里的花儿，都惬意地舒展着，
享受同样的阳光。

隐身

路边的油菜花儿开了，
春田里，几头黄牛吃累了，
到花丛里
玩起了隐身游戏。

红杏

一枝红杏，只因好奇
墙外的春景，
探头要看个究竟，
无聊的文人，就给她贴上不洁的名声。

羞

墙外的一株樱花，
好奇地向校园内观望。
一群正在春阳下绽放的姑娘，
让她害羞，低敛目光。

花篮

百合、玫瑰、雏菊、风信子、迷迭香……
在一只篮子旁站立，有点杂乱和紧张。
一个小姑娘指挥着她们一个个跳进篮子：
花儿淡化了自己，篮子成了花篮。

夜花

昏黄的夜灯下，我看到路旁
开着几朵花，冬夜里，
仍有芳华。
我没看出花的颜色，但知道都是花。

百合

是因为娇弱，
才那么纯洁？
还是因为清纯，
才被人视为娇弱？

芙蓉花

长在粗枝大叶上，却面若柔绒，
或白，或红，片片都似水柔情。
一阵秋风秋雨，就花容失色，
唇儿乌黑，犹如受冻的儿童。

木棉花

晨曦下，月，还露着脸，
木棉花儿，朝天，不遮红颜。
那么粗大的树枝，托着一朵朵娇弱，
毫不气喘，当然很man。

荷花

一提到荷花，
人们总想到污泥。
高洁，历来不是因为污泥，
而是因为不染！

夜来香（二）

一

活着，不是为了晚上，
而是要把白天的热量释放，
以让黑暗中的人，
循香找到方向。

二

幽暗的小径，行人，
步履踉跄，似乎中枪。
愤怒的眼神四处寻衅，
暗笑着的，只有花香。

喇叭花

带着露水开，
含着露水眠。
嘴边磨出了泡，
仍在弱弱地嘶喊。

人与花

人一想到花，
自己就想变成花。
花一想到人，
却还想是花。

水草

夏夜的梦里，
常出现康河的水草，
是否还在柔波里
油油地招摇？

幽

清澈的河水，
总带着一腔心事，
抚弄着浅浅浮动的水草，
讲着一去不再来的故事。

懒腰

太阳一醒来，就伸出光闪闪的臂爪，
去搂抱还打着哈欠的草儿。
草儿伸了个懒腰，
把光，与露珠儿一块抖落掉。

野草

每到春天，风过处，
野草也会绽绿，装点春光。
而备受宠爱的盆花，
每天只能看到目光，而非春阳。

友谊

一只飞鸟，在一条石缝里种下一粒种子。
春雨过后，一棵小草羞涩地探出身子。
酷暑来了，石头热得奄奄一息，
小草急了，拼命地伸展，要给石头一片绿。

借势

山顶一棵小草，山下一棵大树。
夕阳西照下，草，遮住了树。
第二天黎明，却不见了小草：
借势虚张，不如默默生长。

鸟（十）

一

杏树上，叽叽喳喳，
麻雀们，在吃杏花。
只有一只麻雀，久久地站在枝头，
思考为什么会有花。

二

一只麻雀站在枝头，
看看我，看看天，
叽叽喳喳叫了几声，
不知飞到哪里去了。

三

一个小男孩爬树要捉鸟儿，
鸟儿低头看了看，
继续鸣叫：
鸟儿以为他也是鸟儿吧。

四

清晨，山林里，
鸟儿们在欢歌，如露珠清真。
哦，不是鸟在鸣叫，
而是风吹出了鸟叫的声音。

五

鸟鸣，
层层，密密，
有缓有急，和谐有序。
顺从天意。

六

窗外一树，数鸟，各据一枝，
一鸟，一鸣，或高或低：
容许他鸟鸣叫，
才会成曲。

七

阴冷的天，阴冷的雨，
人躲在窝里取暖。
一群欢快的雀儿，却在树梢上，
抖擞着翅膀，沐浴。

八

一只不知名的鸟儿，
夜到即鸣，
如思妇，彻夜不消，叨叨，叨叨。
有什么悲情，非要把四邻惊扰？

九

一只鸟儿，飞到竹枝上，
一阵风吹来，枝条摇啊摇，
周围鸟儿一起叫起来，在笑？
鸟儿脸一红飞走了，她以为自己太重了。

十

树枝上，一只小鸟，
不停地梳理漂亮的羽毛，
不吃不喝，
周围的鸟儿都在忙着筑窝。

乌鸦喝水

乌鸦把石子放到瓶里，
喝到了水，却没破了瓶。
司马光救了人，却砸了缸，
谁更有智商？

分食

鳄鱼的尸体旁，几只乌鸦
警觉地观察四方，窃窃私语，
商量着如何分享。
坐享其成者，常常摆出劳苦功高的模样。

献花

窗外的树枝上，一只漂亮的鸟儿，
衔着一瓣白色的花儿。
不是吃，是在等着啥。
一只更漂亮的鸟儿，飞到了他身边，喳喳。

旧友

一只，两只，好几种鸟儿飞来，
在窗前啾啾，互擦着羽毛。
我不知其中是否有旧友：
她们每年来看我，都是在春来的时候。

期待

雨，落在刚清过污的河道。
一只水鸟，站在河边，
低着头，一言不发。
她在想着曾经的荷花丛吧。

争风

人们记得夏天，可能是因为夏天的风，
人们记得夏天的风，可能是因为树上的鸟，
只有树上的鸟儿记得：
自己和树梢，一直在争风。

小麻雀

屋檐下有一个麻雀窝。
几只嫩黄的小嘴探出来，要找妈妈。
妈妈觅食回来，焦急地喳喳：
几个小男孩正在屋檐下。

闹市的麻雀

淮海路上，两只麻雀，
在人流车流中嬉闹，叽叽喳喳。
有了翅膀，
就可以啥都不怕？

想飞

童年飞的梦想，
我寄托于一只麻雀。
从双唇嫩黄，我养她到能飞翔。
她却弃我而去，不知去依偎谁的肩膀。

鹰与雀

鹰飞得高，雀飞得低。
鹰低头，看不到雀；
雀仰头，看不到鹰。
燕雀与鸿鹄何必比？各有志。

水鸟机

冬湖里，几只水鸟在比赛游泳，
身后拖出带翼的水纹，
就像飞机喷出的气。
她们赛事紧张，无暇看尾翼。

蹦极

每年都有数不清的鸟儿，
在空中织着数不清的丝。
从冬到春，从夏到秋，
鸟儿们在线上玩着蹦极。

挠痒

柳枝上的蓓蕾被春天唤醒，
鸟儿的纤足被春天吹出了绒毛。
鸟儿絮絮叨叨，在柳枝上一跳一跳，
一挠一挠，柳芽忍不住笑。

果实

在秋天的一个早晨，
路遇一处网围的果园。
网上很多鸟，折断了翅膀。
这是果园增收的果实？

网

冬雪把一切都盖住了。
一群麻雀饿得心慌，
扑进一块撒满了谷粒的空地：
她们头上，有一张网。

菜鸟

菜鸟也是鸟，
受了委屈也会叫。
因为哭也没人疼，
不如擦干泪，继续笑。

笨鸟

大智若愚，愚不可及。
即使装愚，人也不及。
先飞的鸟儿，
都是大智。

逍遥游

鲲鹏展翅抟扶摇，
击雷闪电破九霄。
九万里的难，
成就一次逍遥。

蛀虫

最早开的花，
或最美的花，
是蛀虫的最爱。
人，也一样。

蜉蝣

来到世上，
都看不到第二天的朝阳。
却在落日的绚烂中，
完成了种族的延续。

萤火虫

暗夜里，一点亮在闪动，是一只萤火虫。
风吹她，她动；树叶撩拨她，她动。
因为她知道，无论到哪里，都带去光明。
虽小，但透明。

殉情

一朵娇艳的花朵，蕊
与一只飞虫在缠绵。
一阵风过，花儿败了，
虫儿被花儿包着，死了。

蜜蜂

采过花的蜜，
就去撒播花的种，
明年就有了更多的蜜：
利人，就是利己。

毛毛虫

新雨过，一片树叶落到地上。
一只毛毛虫爬过树叶，爬爬停停，停停爬爬。
一只猫好奇，趋近嗅嗅，摇摇头，走了。
是怕毛，还是怕虫？

寂静

儿时的饭碗，周围总飞着各种虫，
嗡嗡，哼哼，
讨厌却如影随形。
现在，饭碗周围只有寂静。

夏夜

夏夜的世界，并不万籁俱寂，
星光下，万虫在聚集，
迎着月光，
合唱一首首小夜曲。

飞虫

机舱里，
飞着一只小虫。
能上九万里的，
不是只有鲲鹏。

蚂蚱

叫蝗虫，还是叫蚂蚱，
都不是问题。
只要冬天还未来临，
就尽情嬉戏蹦跶。

秋后的蚂蚱

秋日的杜鹃花开了，花蕊里
一只蚂蚱，在描着口红。
爱美，不只是人的天性，
动物，也有自己的夕阳红。

蚂蚁（二）

一

一只小蚂蚁掉队了，
东跑跑，西嗅嗅，
看起来很着急：
是在找伙伴，还是在找自己？

二

微小，但总被寓意大志。
爬不快，但总能达到目的。
一蚁之力，似难成大事，
却能溃堤。

找天

小蚂蚁躺在妈妈怀里：“妈妈，妈妈，天在哪里？”
妈妈抬头，只看见蓝。
一片白云飘过来。小蚂蚁高兴了：
“妈妈，妈妈，我找到了天！”

秋蚊

天冷了，蚊子没了夏日的嚣张。
可戏弄于掌。
失了情势，似乎就失去了生的欲望，
这与人，不一样。

蚊思

验血处，一只爱思考的蚊子蛰伏着，
一动不动，陷入沉思：
“为什么人被抽了那么多血还笑眯眯，
我只吸一点，就惹他们不喜？”

蜘蛛

自动取款机旁的墙角，有一只蜘蛛，
一动不动，守株待兔；
她的足，似乎比外面蜘蛛的长：
在蜘蛛的世界里，难道也有欲望？

飞蛾

天冷了，一只飞蛾迷了路，
在纱窗和玻璃间蠕动。
我断断续续拍纱窗，她一点点往外移动，直到自由：
为了求生，万物可以相通。

蝴蝶（二）

一

肥胖的蛹，
缩进丑陋的壳。
内动外静，蝴蝶成了蛹的今生。
痛苦的呻吟，孕育了美丽的新生。

二

斜日透薄翼，
粉郎勿需妆。
逐风戏飞絮，
谁言为花忙？

蝉蜕

傍晚，一只幼蝉爬上树，
等待黑暗。
天亮了，阳光下一双美丽的翼：
忍过了漫长的夜，才有蜕变。

山蝉

山中的一棵树上，有一只鸣蝉，
我一伸手，就握住了它的腰身。它很烦。
我放它回到自己的世界，
不想让它像山外的同胞那样见世面！

秋蝉

秋凉，蝉鸣有了异样，
悲怆中透出凄凉。
聒噪一世，
还以为自己在歌唱。

鱼与鸟

湖边有一棵树，树上有一只鸟，湖里有一条鱼。
一个人走过来了，
鸟振振羽，飞走了；鱼摇摇尾，沉了下去。
鱼是不是想过要爬树？鸟是不是想过要游水？

钓

水边，一群人在钓鱼。
水里，一群鱼在钓人。
人钓的是趣和味，
鱼钓的是耐心。

参照

与鲨鱼同游的小鱼，
要么被吃掉，
要么变强大：
关键在参照。

水中鱼

湖中的鱼儿透了口气，
水面起了涟漪，一圈圈散去。
水花下面不知道还有没有鱼，
水下面一定有鱼。

漏网之鱼

小男孩与伙伴们在河塘捉鱼，
一条又一条，满怀欣喜。
一条大鱼却从他手里挣脱，滑回水里，
男孩长大了，一直没忘这条鱼。

太极

女儿嘱我照顾两条小金鱼。
我盯着鱼，鱼儿却自顾嬉戏。
有时两个小脑袋碰在一起，
像太极。

池鱼

相濡以沫的鱼，
不如在江湖里相忘：
有多大的天地，
就有多大的成长。

疑问

鱼缸里的鱼儿，
在珊瑚间优雅地穿梭。
“为什么她不怕碰着背啊？”
一个小女孩问妈妈。

追

噗，水鸟没了身影，
水下两只身影，鸟儿
追逐着鱼儿：
追与逃，都是为了生。

鱼虾

村头的一湖水里，突然起了涟漪，
一只小虾，在急急地逃，一跃一跃，
一条小鱼，在急急地追：
调皮，还是饥？

虾

须有勾，背如弓，
头戴甲，胸覆胄。
要前行，先缩身，
变弯。

鱼跃

每次看到湖里的鱼，
在水面翻出一圈圈花，
我就想象鱼跃龙门的景象，
觉得那只是神话。

锦鲤

池塘里很多鲤鱼，但只有一条锦鲤，
我招手，她就游过来，
抢了所有鱼的风头。
太突出，就孤立。

泥鳅

河里的水干了，黑色的河底露了脸，
一群小男孩把淤泥抹平，静静地等。
一串气泡冒出来，一双双小手抄下去，
抛出的泥里，是乱扭的泥鳅。

动物

一边说动物是朋友，
一边吃着朋友的肉。
是人类太虚伪？
还是动物太天真？

陷阱

豢养的动物，
不愿去狂野的森林。
而安逸，
就是生命的陷阱。

狐狸

“我不过长得美，
你们就给我贴上骗子的标记。”
狐狸很委屈：“为了活下去，
哪个不在施展绝技？”

绝味鸭脖

绝味鸭脖店前，一群鸭子摇摆着走过，
店铺的招牌，是一只快乐的鸭脖：
被腌制了，却显得快乐。
鸭子们看到，嘎嘎笑：那是鹅

福猪

首尔，一家烤肉店的招牌上，
一只猪正在朝店里钻，
只露出健壮的屁股。
店名叫：福猪

穿衣服的狗

很多人在遛狗，
狗都穿着衣服。
穿衣服的狗，
还是狗？

捉鸟的狗

小河旁，一条白狗在不停奔跑，
追飞着一只只白鸟。
很努力，但被鸟们耻笑：
捉不到耗子了，就想来捉鸟？

黄豆

黄豆，是父亲养的一条狗，
我每次回家，她都远远地迎在村头。
父亲走后，
她就再也没有了这种兴头。

狼

有狼的地方，
动物们都比较健康，
善奔跑，善躲藏，
为了活，就得变更强。

小羊

有人从山路走过，
一只正在吃草的母羊，
声声急叫不远处嬉戏的羊羔：
她见的人少。

兔子（二）

一

日本有个兔子岛，
兔子的颜色多种多样。
最受宠的是白兔，
因为她们以文化为粮。

二

谷物已入仓，秋天的原野上，
土成了天的墙。
一只兔子受到惊吓，
怕被砌进墙。

金雕

狡兔三窟，
是因为兔子总被欺负。
而欺负兔子的金雕，
至少有四窟。

小天鹅与小野鸭

野鸭和天鹅两家是邻居。
傍晚，妈妈带孩子出来游戏。
看看妈妈，
小天鹅和小野鸭都不想长大。

等待

丑小鸭，人不爱。
白天鹅，人人爱。
人都喜欢接受成型的美，
却不愿意等待。

白天鹅

悲悯他人的人，
常显示自己不需悲悯。
白天鹅受宠，不只是因为白，
更多是因为自己身心的伤痕。

黑天鹅

人自己害怕黑暗，
思想偷懒，希望一切简单，
就以艺术的名义，
以黑天鹅分担自己内心的黑暗。

企鹅

妈妈觅食归来
把一肚子的鱼，
都吐给了孩子，
然后扭了扭摇曳的身姿。

灵犀

一只泰迪和一只牧羊犬，
在草地上欢快地嬉戏。
不论肤色，高低，心无芥蒂。
人呢，常要比个高低。

孔雀开屏

开屏的雄孔雀受到赞美，
人们却忘了雌孔雀才是起因。
雄孔雀一炫羽，
就露出了丑陋的腰身。

照镜子的鹦鹉

一只鹦鹉，在对着镜子生气，
因为镜子里有一只鹦鹉，在模仿自己。
照镜子的人，因为镜子说了实话，
就怪镜子，而不怪自己。

螃蟹

听到响声，海滩上的小螃蟹，
慌乱地逃回洞，却停在洞口观察动静。
一把小铲子，插断其后路，就能捉住：
盲目自信，容易送命。

鸡与花

大树下，几只鸡在啄食
忽然乱起来，起了争执。
一只鸡挤出来，
嘴里衔着一朵花，鸡群都撵她。

小马过河

过河后的小马，遭同类疑问：
既然终归要自己过河，
为何还到处问？
小马羞涩地笑：妈妈说，做马要虚心。

狼与狈

狼与狈是合作的典范，
而且实现了共赢。
但因损人利己，
落下了一世奸名和骂名。

龟兔赛跑

乌龟赢了兔子，
就想一辈子都是冠军。
它想了两个方法：
勤学苦练，或声称疾病缠身。

蜥蜴

有种蛇，是蜥蜴的天敌，
却从来不吃死尸。
蜥蜴就装死抗敌。
如果遇到猫头鹰呢？

酒窝

一只青蛙趴在荷叶上喘气，水珠被吹到水里；
一丝涟漪卷起，像个酒窝。
青蛙去追，扑通跳下，不见了身影，
只见一个更大更圆的酒窝。

定力

安静的草丛里，一只青蛙在等待。
草丛里，虫子们在嬉戏，
少了几个玩伴，谁也没留意。
虫子还在叫，青蛙不叫。

捉迷藏

小狮子与妈妈捉迷藏。
她藏在一棵大树后，身后的月亮笑嘻嘻。
妈妈找到她，似乎毫不费力。
她纳闷：“是谁告了密？”

伪装

漂亮的动物，有时蛇蝎心肠，
花也一样。
人是不是也一样？
这是伪装！却被模仿。

斑马

斑马披上条纹，
不是为了美，
而是为了迷惑敌人。
在动物的世界，没有纯粹的美。

蒙古马

一只蒙古马羡慕斑马的色彩，
央求主人为自己整了容。
一场大雨，把它打回原形：
只有本真的，才会永恒。

猫

一只猫捉了一只老鼠，
抛上抛下，戏耍，却不动牙。
老鼠怒了：肉的滋味，
难道不如那边干巴巴的猫食？

猫眼

一辆宝马车顶，蹲着两只猫，
旁边孤零零的，是一辆大众。
城里的猫，
难道长着有色眼睛？

虎

猫，
看到一只墙上的画虎，
顿生恨铁不成钢的失落：
以前不会爬树，现在已经无骨！

对头

加菲猫给老鼠生路，
因为懂得相依为命。
成了对头，有时
不是为了死，而是为了共生。

硕鼠

不知谁在瓶子里放了一把米，
一只老鼠，饥肠辘辘，跳了进去。
吃饱了，却难以出去：
硕鼠的命运，最终如此。

仓鼠

仓鼠把生命，
视为一种奔跑，
也是游戏。
虽然微不足道，但时时都在努力。

天敌

响尾蛇是松鼠的天敌，
松鼠却食响尾蛇的蜕皮，
然后涂抹到自己和孩子身上：
松鼠成了响尾蛇的天敌。

距离

爬山，觉得山高，
俯瞰，觉得水细。
山，仍是一样高，
不同的，只是看者的位置。

云

看不见的汽，凝成了云，
有时散，有时聚，
有时高，有时低，
风筝绳在谁手里呢?

云层

云分不同的层，
犹如人与人智慧的不同。
只是云层时不时交融，
不同的人，却很难沟通。

心云

夏日的夜空，湛蓝的天。
同一块云，既像山又像水，
既像人，又像神：
有什么心，就有什么云。

云山（二）

一

跳出了山顶的云，
才看到了山外的云。
不是云，是山，
山一样的云，浮动的山。

二

飞机开始降落，从天上
钻入云山。
机身抖了抖，云笑了：
云抱成团，也可成山。

山云

山在云上，
山外有山。
不知是山托着云，
还是云包着山。

云与地

云，是神奇的幻术师。
有时喜欢哪种形状，就硬了心，
在地上盖个戳，
地上就有了不同形状的云。

台风云

每次台风过后，
云都很白，天都很蓝。
就像扫过落叶的路，
除掉积弊，才有新途。

蓝

云上的蓝，和云下的蓝，
不是一样的蓝。
往下看和往上看，
同一个人，却不是同一双眼。

白与蓝

白云拗不过蓝天的执着，
裂开了一条线。
蓝色的液体，顿时洒满了云边，
并为白云涂成了一抹花边，蔚蓝。

云友圈

云，也有朋友圈？
一会儿高，一会儿低，
一会儿盘 ，一会儿旋，
有时握手，有时翻脸。

天与地

应该只有天上的神仙，
才能回答这个问题：
先有山水，还是先有虫鱼？
先有天，还是先有地？

山水

硬的山，不能没有柔的水，
怒的河，离不开静的山。
不懂山水，
就不懂人间。

江山

谁第一个说出“江山”，
谁一定腰缠长江，摸遍千山。
否则，他不知“江”
为何总绕山。

长江

如一条垂天青丝，
把数不清的山串成串，
还任性地舞起霓裳曲，
把一个个村落，撒在山间。

规律

山绝必有壑，
土隆必有坡。
水急必遇阻，
山水喻人生。

山路

如果我能，
我要造一条山路，
把世上所有的山顶相连，
让山脚的人，都住在山巅。

缝隙

山上，缝隙里有土，
就有种子发芽。
而思想，有了缝隙，
就有了土。

希望

石缝里的小草，
能把石头，慢慢
变成土壤。
有了起点和信念，就有希望。

平静

泰山从不露声色，
却让众生趋前。
平静从不形色于外，
却装下了万壑千山。

强者

河谷里的乱石，仍保持着，
向下奔突的姿势。
只是没有了水，有势无实。
强者之势，往往源于弱者之实。

悬崖

山谷仰望着悬崖，
悬崖俯瞰着山谷。
太阳要喝谷底的水，
却发现谷底只有崖。

黄昏

黄昏，山黛在天际，
画出一条清晰的眉线。
夜来了，不见了山，
却处处都是眉线。

威严

静默的山，肃然，
每棵树每棵草，都透着威严。
狂风中的山，虽然做出各种鬼脸，
为何不让我胆寒？

富士山（二）

一

富士山，一座光秃秃的火山，
因为人的膜拜，
压抑的灵魂，
就燃起奔突的热。

二

热的山，却流出冰冷的水，就像
菊与刀，
柔与刚。
同一片水土，却似天各一方。

水坝

如一把把铡刀，
把长蛇切成一段，一段。
水于是呜咽了，
她在流着自己的血啊！

瀑布

因为不惧下落，
才成就了自己的气魄。
跌得越深，崇拜的人
越多。

雨与伞

雨落到伞上，叮咚，叮咚。
从那么远的地方来，她有点冷，
所以急着溶入打伞人的柔胸。
伞下的人抖了抖伞柄，结束了一段温情。

阿里山

阿里山，是一座山，
现在却成了姑娘的名字。
石头成了姑娘的容颜，
姑娘成了山。

晨露

虽然从来没见过落日，
却始终与旭日相伴。
不辜负最早的一抹霞光，
并为早起的人们，洗衣净裳。

弱水

你高，我就退去，显你的伟岸，
你低，我就涌来，覆你的缺口，
你热，我就沸腾，露你的潜能。
水趋低，也是势能。

雨花

一滴滴雨水，落到水里，
泛起一朵朵花。
没有别人的铺垫，
自己成不了花。

压力

水花闪了闪，就平静如常，
只有水滴再落下，
才能再次荡漾：
拒绝压力，就是拒绝花的模样。

水滴

起风了，落雨了。
雨滴到湖里，无声无息。
雨滴到酒杯里，变了质地，
成了酒水。

洪流

大河大江大海，
皆以滴水为源。
一滴水，
就是一股洪流。

面朝大海

海风，清新地吹拂着，
我在岸边沉思。旁边
两个年轻人，面朝大海，
看着韩剧。

船

乘上船，就要到远方，
就一定会遇到风浪。
平静的大海，
有时更让人发慌。

喷嚏

我站在岸上，
冲着大海打了一个喷嚏。
海水瞬间掀起波浪，
又瞬间平息。

椅子

海边的草地上，有两排圆木，
一半腿朝下，立于地，人称椅。
一半腿朝上，看着天，
人称创意！

永暑礁

礁，成了
岛，
周围海浪的咆哮，
就减弱了。

涟漪

风要拥抱水，
水不依，躲着，躲着，
又回眸，抛出袖衣，
在风的心上绣上涟漪。

小河

每天都要经过同一条小河，
每天都经过不同的小河，
有时是清河，有时是浊河。
桥，永远都是同一座。

静

山脚下流出一条溪，风吹，走着，
在一个拐弯处，汇成一个漩涡。
岸上散落着几块碎石，
撺掇着，争吵着，怎么跳过。

风

山的风，水的风，车的风，
吹起思绪的风。
一切都在动，却又无比静。
动静，就这样形成了平衡。

水与风

风对水说：彼处还有更美的风景，
水仰头，盼同行。
风伸出手，抓住水的衣衫，
瞬间无踪。

芦苇

风中芦苇，
有人说在思索。
随风起伏，无迹可索，
智愚美丑，任由人说。

西风

西风为了压倒东风，
拼命地咆哮，面露狰狞。
东风轻轻的一丝微笑，
它就怕得遁行无踪。

沙漠（二）

一

脚在沙里，像在水里。
我伸手，想捉脚踩的鱼。
只摸到破碎的贝壳，或小石子：
错觉不在沙子，而在人欲。

二

无生命的地方，常因有过繁茂的生命，
失去的不仅是人，还有万物。
越是无生命的地方，越渴望生。
人与万物同。

沙漠的雨

久渴的沙，容不下久盼的雨，
一滴水，一片尘，一阵烟，
就不见了踪迹：
沙漠的雨，也是干的。

沙漠中的花

不知道来自何处，就这样开出涩涩的花儿，
颜色就如梦一样，冒着热腾腾的烟。
花儿就是梦做的，
梦就长在热土上。

公平

有水的地方，就少了土，
贫瘠的土，就无茂密的根。
沙漠里的树要活，就得缩紧身，
逆境中的人要活，就得扎下根。

树（四）

一

公园里，一棵树挺拔，人人都夸。
慢慢地，它看不起周围的树、花、草了，
把它们都赶走了。
慢慢地，没人来看它了。

二

一棵大树，总为身边的小树摇落些阳光。
另一棵大树，总把小树的阳光都遮挡。
山洪袭来，第一棵大树与小伙伴共存，
第二棵大树，独亡。

三

大树，在一大片绿色的映衬下，
仍然沉默着自己的绿。
她是怕自己的爆发，
遮掩了瘦小花草灌木的荣光?

四

能成为人眼中的风景，
也能挡住人眼中的风景。
种树的人与看树的人，
不一样的心情。

成长

看着大树成长，和
看着灌木成长，虽
可能有同样的身高，
但不可能有同样的心胸。

异变

树，看得久了，
就成了一堵墙。
一言不发，一动不动，
却有一种力量。

名声

山坡上葱茏的树林里，
一棵干枯的树引人注目。
就像人为博取名声
而自毁声名。

树韵

一棵枯枝，压住了一棵树苗。
我轻轻移开枯枝，
弯曲的树苗挺直腰，
瞬间有了大树的神韵。

白杨

月夜，有风时，
树叶就哗哗地响。
就像鱼儿跃出水面，
荡出一圈一圈的波浪。

旱柳

冬天里，我盼着窗前的旱柳
在春天飘絮，作窗花。
春到了，周围的树都绿了，花也败了，
我才看到它的伤疤。

松脂

一棵棵松树，被人剥皮，
一滴滴血，缓缓流入塑料袋，
用来做松香。
人为了自己香，就要松树的命。

移植

城里，新建了一个住宅区，
工人们在移栽一棵大树。
树根围着一大块泥，
我却看到一个坑。

茱萸

茱萸，
普通得让人吃惊。
人赋予树以人情，
树也回馈人以树情。

新生

雨水，把树根冲了出来，
慢慢地，树根再生，成了树干。
要成就不一样的自己，
有时得改变自己的人生。

瓷天

大树的枝条在风中蹁跹，
我在晨光中眯眼，看树和树后的天。
枝条将天隔成了一片片灰色的瓷砖，
树后的一大片天，成了瓷天。

杉（二）

一

收缩臂膀，
积聚力量，
不与他人争地势，
直指天上新方向。

二

两排整齐的水杉，并肩立于道旁。
北边的，树枝朝北伸展。
南边的，树枝朝南伸展。
彼此谦让，中间才有敞亮。

椰子树

不求多叶，一层层剥皮，一寸寸长。
不求美貌，只立稳凝实，灰溜溜光。
不求鸟栖，凭婉转歌唱，为己张扬。
这副模样，却能抵御狂风恶浪。

凤凰木

如一根根凰羽，风中一闪一闪，
旁边一棵长着胡须的小榕树，
故作老成对绕飞的蝴蝶说：
到春天，能看到凤冠。

断面

每年最寒冷的时候，
都有一些树枝被锯断。
白凄凄的断面，
映着持锯人紫色的脸。

柏抱檀

周口的伏羲墓旁有个奇迹，
一棵柏树的心脏里，
长出了一棵檀树。
莫非老祖在画太极？

杏树

老母亲的杏树，杏花都被麻雀吃了
只黄了几颗杏。
我回家，母亲看着没有杏的杏树，对我说：
“明年会有吃不完的杏，你到时回来。”

银杏

早晨，路边的银杏树下，
一位大妈拿着杆子在击打：
啪嗒，啪嗒……
这是树妈妈的泪在滴呢！

银杏叶

秋天到，银杏叶黄了，
就落了，铺满了地。
我想找一片最美的带回去，
找来找去，却总不满意。

书中书

我从地下，捡起一片落叶，
放进手里的书中。
书，于是有了秋天的金黄色。
一片树叶，写完了一本新书。

换衣

同一棵树，四季常青。
夏天，我摸了摸她的叶子，薄，
冬天，我摸了摸她的叶子，厚。
是换了叶子，还是叶子穿上了厚衣服？

枫叶（二）

一

秋天到了。枫叶变成了五种颜色：
绿，黄，浅红，红，深红。
绿傲视红：看，我比你们都年轻。
红叶不语。她在羞涩地躲闪着树下的眼睛。

二

枫叶红了，朝阳的一面，
先红。离太阳越远，
红得越晚，或终枯却难红。
躲避热，就是放弃红。

冬叶（二）

一

初冬，湖边的柳树上，
还有茂密的叶，绿的叶，黄的叶。
“都已经是落叶了”，夫人说。
我眼前顿时一片金黄。

二

冬天的树枝有了愁思，
都直翘翘似乎有点脾气。
树叶落后周围尽是落寞，
爱叫的小鸟也在树间静寂。

落叶

秋风吹落一地金黄，
又吹来雨雪将落叶埋葬。
人称之为凋零，
树称之为新生。

无情

风把树叶吹落了，
叶儿怪风太无情。
没有无情，
哪来春天新的爱情和生命。

善终

清洁工人，用勾耙
拉出灌木丛里的落叶，
清扫干净。
都落到地了，也不得善终。

暖被

看行人穿上了棉衣，
叶儿就急着要落下：
树下的草儿会冷的，
它去作草儿的被子呢。

梳头

校园里，一个女生在草坪上梳头。
一片梧桐叶跑到她脚边，抬头看着。
树妈妈害羞了，
“孩子，孩子，快回家。”

白茅

绒绒的，随风即弯腰，不停摆摇。
茎细，却不折腰。
看似柔软无骨，
却悄悄自成一片风景。

藤（二）

一

总把自己托付给强者，
趋光争风。
骨软脚轻，
便不得不攀龙附凤。

二

一棵藤条，找到一棵树，
就一点一点往上爬。
树感到痒了，抖了抖身子。
藤忙帮树挠了挠痒，树睡着了。

竹

每一节拔高，都是一次新生，
孕育的痛苦，都清扫得干干净净。
只有先清洁自己，
才能成为清洁的典型。

甘蔗

有的清秀挺拔，有的矮胖普通。
高的比矮的美，矮的比高的甜：
大自然的馈赠本就平等，
只是各自不同。

蒹葭

苍苍的河边，
怎会有伊人观霜？
那是泪水和了白露，
凝成了盐。

仙人掌（二）

一

女儿在一只小盆里养了一只仙人掌，
细细长长，玩具一样。
女儿离家读书，我将之移到了一只大花盆，
就长得粗粗壮壮，越长越长。

二

光秃秃的石头上，
长出了一棵仙人掌。
是石头化水浇灌着她，
还是她为石头在遮荫挡阳？

立春

冰冷的水，低垂的天，
让人不相信还有春天。
一只鸟从窗前飞过，
带来一路的春天。

惊蛰

一阵春雷，就像闹钟，
把沉睡的生灵唤醒。
有的掀被起床，有的依然
睡眼惺忪，只是咕哝。

微小

一粒小小的种子，落到土里，
缓缓伸出小小的脑袋。
淡淡的绿，
浓郁的春。

期待

上海的黄土里，我种下一把种子，
江西的红土里，我种下同样的种子。
不同的土壤，同样的种子，
是否结出一样的果实？

菠菜

我把几粒菠菜种子，
种在红土里。
期盼她的后代，
从此改变肤色。

空心菜

酷暑，我把吃剩的空心菜，
倒进花盆，就回了上海的家。
三十多天回到吉安，却看到开出的几朵白花：
骨实，心就随时能发芽。

辣椒

邻居送给我一堆青辣椒，
我用细针
穿成一串串红。
对的，是辣椒，终究会红。

核桃

青核桃光滑圆润，
果涩，味苦。
它喜欢思考青春的未来，脸上慢慢爬满皱纹：
成熟可能不美，但香。

蒂

果大果小，果熟果落，
都系于一蒂。
人大人小，天窄天阔，
都系于一心。

西瓜

一粒粒毛茸茸的小绿疙瘩，
不停地吸呀喝呀，昼夜不停。
肚子越来越圆，绷不住了，
就绽开了红。

果树林

童年的果树林里，
到处都是看护人。
可如今，只见累累果实，
不见了护果的人。

柿子

村里一棵柿子树，
挂满了熟透的果子，
还落了一地的果。
静静的村子，似乎只有我走过。

热

阳光下，
头发坚挺了一会儿，
就哧哧冒起了烟，
骨软趴下。

焦

把花盆搬到室外，
阳光如水，
浇灌着嫩苗。
苗儿受不了，焦了。

凉

炎热的天，建筑工棚里，
汗雨瞬间成了蒸汽，烤焦了绳上的衣裳。
矮凳上，一个读书的小姑娘，
让路过的我，感受到荫凉。

牵线

窗外的枝条绿了，
人的心儿活了。
一只蜘蛛爬进窗儿，
要在枝与心间牵线呢！

春秋

春天过后，并非秋天。
为何总用春秋喻年？
一如人仍少年，
却总想着暮年。

秋天（二）

一

凉丝丝的，垂柳沉思着，
送来一阵风，吹向远月。
突然一声鸡鸣，
不知已到了几更。

二

北方的秋，是黄色的，
南方的秋，是青色的。
青黄不接的秋，
在哪里呢？

霾

童年的秋天，常常有白纱一样的东西，凉丝丝，甚至有点甜。
大人说：这叫雾。
现在一年四季都有棉絮一样的东西，黏糊糊，甚至让人昏眩。
有人说：这叫霾。

冬至

冬至大如年，因为忍耐到了极限。
冬至阳气起，清朗也等到了极限。
最漫长的黑夜，
一定能等来白昼出现。

霜（二首）

一

只有窗前月光铺地，
才成秋霜白了额头。
就像开封的家信，
泄出万重思想。

二

秋晨，草儿不见了踪迹，
只有白白的霜。
一阵风吹来，霜掉落：
原来草儿也化妆。

蓓蕾

在最寒冷的季节，
蓓蕾已在悄悄凝聚
春天绽放的能量。
忍过严寒的花儿，更香。

绿

春天到了，才有绿意？
凛冽的北风里，枯残的树桠间，
一缕柳条，
正在默默绽露一抹深绿。

冰

天冷了，冻得风生气了，
直打人的脸。
水害怕了，挤在一起
成了冰。

雪

每年的第一场雪，
都柔若无雪，又似大梦未觉。
“挤一挤，挤一挤！”雪花安抚就要睡着的土地，
相拥着又睡着了。

雪花

雪花飘，一片片，
舒缓不急。一阵风吹过，
一片雪花翻了个身，
露出了雪白的肚皮。

绿雪

扒开雪，地面上竟有了一层绿，
是渴，还是饥？
因为弱小，
所以要早。

直的雪

下雪了，
还刮着风。
雪片，成一条条横线，
扑向车，就像连绵的水练。

老子像

雪中的老子像，面庞蔼然，
雪花近舞，不躲不闪。
洞察了天地，
无热无寒。

梅

第一片雪花飘了，
第一朵梅花开了，
梅花把雪花揽入怀抱，
雪花让梅花温柔了许多。

树与人

窗外有一棵树，每天早晨
都有一个老人，在树旁打太极拳。
有一天，我只看到了树，
以后再也没看见老人。

孩子（二）

一

父亲总在忙，
母亲总在慌，
孩子总在想：
Let me go 又何妨？

二

是为了后世的福，还是因了前世的债，
有了你，父母就失去了自己。
等到你有了孩子，
父母才找回了自己，还是靠你。

二胎

妈妈准备生二胎，
要老大将来做榜样。
“我只有一个条件：
他或她不能和我长一个样。”

红绿灯

红灯停，绿灯过。
不绿不红，过不过？
小丫头不语，揪着小辫子站着，
琢磨。

童话

男孩对女孩说：长大后我一定娶你，
女孩认真地点点头：长大后我一定嫁你。
长大后他们才懂：
童话，不是真的人生。

汤圆

一个外国小姑娘第一次吃汤圆，
汤圆在碗里挤着，等着。
她试了试筷子，放下；拿起了勺子：
“咦！水怎么包在了皮里？”

糖

小姑娘喝豆浆，用勺子舀糖
均匀地撒在碗里。
她是怕糖融化后懒得动，
还是怕糖融不进汤？

镜子

小姑娘把镜子打碎了，
伤心地哭起来。
忽然，她看到很多哭着的自己。
她不哭了：不好意思。

创可贴

岁月，把一堵墙吹开了一条缝，
爬山虎急得脸都黄了，扬手招摇：
冬天就要到，北风会呼啸。
一个小女孩看到了，过去用创可贴贴好。

沙子

沙滩上，小姑娘扬沙，
风吹落了一把又一把，倦了。
沙子都落地，还是沙子。
姑娘的心却乱了。

拉琴的小姑娘

昏黄的灯光下，一个小姑娘在拉琴。
专注的眼神，让五线谱都一个个跳了起来。
爸爸没听出，
小姑娘在谱自己的曲子。

女儿（二）

一

女儿，是父母手里的锚，
随时可停船靠岸。
无论航期多紧，
航程多远。

二

女儿，是一道温柔的枷锁
不停地约束你：
这不能做，那必须做！
被锁的人还笑呵呵。

踮

小时候，女儿乘火车，
年龄不到，却要买票。
乘务员要测身高，
她就骄傲地踮起脚，要长更高。

未来

妈妈在忙着购物，儿子坐在地上，
对着手机自拍。
喃喃自语，挤眉弄眼，喜笑颜开：
他在设计自己的未来！

儿子

儿子，是一艘注定要出港的船，
有时顺风，有时逆风。
无论航程是近，还是远。
父母的期待，就是鼓起的帆。

帆

一个小男孩，每天傍晚，
都要推开窗子看海，和驶过的船。
有时是大船，有时是小船。
他的心儿，升起了帆。

湿

春雨细细的，不急不慢。
街上站着几个孩子，
在用手接雨：
我的心，湿了。

纸船

把纸船放进水里，就是要载走心愿。
小水沟，走不远，大海里，容易翻。
这是大人的世界，
孩子的眼里，只有纸船。

天堂鸟

湖边的小孩，将面包掰成碎屑，
扔到鸟儿、鱼儿的嘴边，
然后抬头看了看天上的白云，
想象着天堂的样子。

辩日

两小儿辩日。
一个说太阳是白的，一个说太阳是红的：
早晨、晚上红，中午白。
“闭上眼睛看看我，我还是黄的！”太阳眯眯眼笑了。

教育

放学了，一位妈妈接到孩子，问：
“今天和谁一起玩的？”
“学习好的，还是脑子笨的？”
另一位妈妈在问孩子同样的问题。

偏见

男孩出汗了，爷爷奶奶
一起给他扇扇子。
女孩自已扇着，
还给抱着的玩具扇。

爷爷

因为总不满意儿子，
所以更疼爱孙子。
无论孙子如何，
都认为超越了儿子。

婆婆

为了让儿媳记住，
儿子永远属于自己。
常夸张地疼爱孙子，以提醒儿媳：
自己曾经这样疼爱儿子。

母亲

母亲喜欢抱着我，
我越来越重；
母亲老了，我也喜欢抱抱她，
母亲越来越轻。

父亲

父亲的心似铁，
很硬很硬；
却总为远行的儿女，
烧得通红通红。

幸福

一位老人住院，请了一名女护工。
老人的女儿在国外，护工的儿女在本市打工。
晚饭时，老人的女儿打来越洋电话，
护工的儿女来陪妈妈说话。

心语

公园的长椅上，一位白发老人在读英语：ABCD，
Good morning……
“妈妈，妈妈，我怎么听不懂爷爷在说什么啊？”
旁边的小朋友似乎怀疑自己的能力。
“宝宝，老爷爷是在读自己。”

读报人

阅览室里读报的多是老人，
有的眼睛离报纸很远，有的很近，
头一起一伏，疏落有致，
就像稻田里的收割人。

拾得

拾得，是寒山的师友，
他帮寒山，把“念”剥离心头。
让他变成一座山，
山上长满了万物。

寒山

有人说：寒山的诗太平易，
没有禅理。
这是不知：只有忘了自己，
眼中的世界才会如此平实。

舞

一群大妈在跳广场舞；
旁边有几个人在跳交谊舞；
不远处，两人在跳探戈。
似乎意蕴深长，但得靠自己悟。

东京塔

东京塔观景台上，音乐
动感十足，灯光摇曳。
一位中国大妈，即兴起舞，
几个穿和服的日本姑娘，羡慕。

爱心专座

爱心专座，从未空过，
但坐着的人常常不该坐。
常常是白发在黑发前
颤着。

走路

年轻人走路，总看着天。
老年人走路，总看着地。
看天时常想着地，
看地时眼前都是天。

思虑

老年人和年轻人，
都思虑重重。
老年人思虑来世，
年轻人思虑今生。

新时代

火车站电梯上，一位老人步履蹒跚，
后面一个小伙快速上前，挽住其右肩，
并行电梯上，一个年轻人伸过手，
扶住老人的左肩。

区别

游乐场里的孩子，田野里的孩子，
没觉得世界有何区别。
写字楼里的年轻人，田野里的年轻人，
看到的却是不一样的云彩。

外喂

外卖小哥在人群中穿梭，
一个个眉清目秀的年轻人在萎缩：
何时外卖附送外喂？
买饭的人，只要张张嘴，打打嗝……

朽木

一个年轻人，占了别人的座位，
还编造出各种理由。
就像一根被蛀空的木头，
只有皮，没有骨。

让位

电梯就要关闭，
外卖小哥赶到，却挤不进去。
一个小伙子走出来，让小哥进去：
你和等着吃饭的人，比我更急。

折花人

在花儿最美的时刻，你摘走了她，
回到家，就只剩下枯萎的花。
还不如守着一株花苞，
护着她，等着开花。

酒店

不同的酒店，遇到不同的人。
是本来就是不同的人，
还是因为住进不同的酒店，
才变成了不同的人。

效率

我排队时，规规矩矩
与前面的人保持社交距离。
一眨眼，前面多出了两个人：挤!
提高了效率，还加宽了人的距离。

电梯

酒店里，一名住客显然着急，
两部电梯，他一下全按“绿”。
他同一时间只能上一部电梯，
另一部电梯张开嘴，像个谜。

人

“认识你自己！”
有时真不如不认识自己。
人了解自己越多，
越会毁了自己。

人格

人，若没有教养，
就没有人格。
没有文化的人，
不知何谓教养。

知道分子

知道分子与知识分子，
两个境界，两种阶级。
前者是容器，
后者是催化剂。

熟人（二）

一

你认为自己认识的人，
常常似乎不认得你。
你和他外表都没变，
变的是人心。

二

人群，一层层的脸叠加，又分散，
破浪般闯入你眼帘的
总是熟人的脸，
如同跃起的鱼，冲出水面。

机器

人造了机器，
是为了自己更轻松。
当人完全轻松时，
就到了机器造人的时候。

邻居

邻居，曾是一碗热腾腾的水饺，
你送给我，我送给你。
邻居，现在是一扇扇关紧的门，
紧邻，却不相近。

媒人

过去，媒人重点谈人品，
现在，媒人重点谈出身。
过去，媒人就为成人之美，
现在，媒人按彩礼厚薄品人。

老克勒

脸不一定白，但一定净，
身不一定高，但一定挺，
衣不一定贵，但一定定，
人可以穷，但一定不能哭穷。

韩剧

看韩剧笑者，是老人，
看韩剧一言不发者，是中年人，
看韩剧哭者，是少年人，
看韩剧大哭者，是无知少年。

护犊

一群水牛，为了一只牛仔，
一起反击一群狮子。
一群人，遇到一个坏人，
却瞬间不见了踪迹。

狂欢

如潮的人流，
冲天的喧闹，
都在遮掩一个事实：
人人都在分享别人的寂寞。

沙龙

就像一只瓶子，
装满沙子，盖上盖子。
磨磨，挤挤，但不会融合在一起。
风雅还是风骚，自知。

背包

同一个包，
背在胸前，
有的是为了防盗，
有的是怕挡道。

军训

就像一棵棵豆芽，
在春风吹拂下一点点挺直腰身。
军训的孩子，
一步步走，成了人。

朋友圈

真朋友不一定在朋友圈，
朋友圈里也有真朋友。
朋友圈也有两扇门：
入口易进，出口难出。

变脸（二）

一

变脸，是一种艺术，
也是一种人生。
靠的是快，而不是变。
变的是脸，不变的是心。

二

撕下一张张假面，
就为露出真脸。
可怕的不是找不到真面，
而是脸随心变。

花脸

人都梦想有光洁的面，
却都只有花脸，期待别人看不穿。
看不见的心思越多，
花脸上的皱纹越明显。

黑脸

人黑下脸，就只为制造夜晚。
给别人带去恐惧，给自己留下白天。
但黑夜里的黑脸，
又有谁看得见？

自卑

没发觉自己的好，
总觉得别人比自己好。
自卑，不是因为自己差，
而是因为自己总想变得更好。

自嘲

嘲笑他人的人，
不敢自嘲。
自嘲是最自信的幽默，
不是人人都能做到。

梦与真

都想过舞台上的人生，
却不想舞台下的练功，
夏忍酷暑，冬耐寒冬：
做梦，也得先闭上眼睛。

心愿

祈愿树旁，挂着一圈圈祈愿牌，
日文、英文、韩文和中文……
文字不同，心愿皆同：
“我！”

祈祷

人，因为怯懦，
才祈祷大的力。
征服弱的力，
往往都是自己的无力。

失眠

眼睛或睁或闭，
盼天亮，比天都急。
失眠时想到的，
都是自己。

羡慕

胖子羡慕瘦子，
瘦子称赞胖子。
头发少的人，
常盯着别人的发际。

隐

慕隐之人，多隐入仕之心。
入仕之人，多羡隐者之沉。
静者思动，动者思静。
动静之间，最见人心。

巴掌

雨，哗哗声响，我
以为都是我的。
就伸出手。巴掌大的地方，
能有几滴滴到手上。

田园

有田的地方，就有家园，
人与田，就是自然。
现在的人，可能不止一个家，
但都没有了家园。

家乡的味道

家乡的味道，有种黏糊糊的温，
每次寻找，都回到童年。
现在的家乡，已风干了记忆，
只留下干巴巴的嘴唇。

家务

有家，就要务家，
无力顾家，心也得在家。
让家人感受到温暖的家，
才是真的家。

脾气

脚底轻，走路就没有力气。
脾气越大的人，越没有底气。
把家含在嘴里的男人，
有力，但不用力。

蜗居

在大房子里孤零零，
感觉不到自己。
还不如蜗居，
缩小形与心的距离。

素颜

造物主赋予了美颜天生，
有人却总还要另造一张面孔，
涂抹描画，甚至整容，
对造物主不敬。

化妆

有时为了更美，
有时为了更丑。
隐藏真面目，
都是为了更好地生。

拼音

小吃本来是少吃，
据说是有人发音不准，
“少吃”才成了“小吃”：
改写了中华饮食史。

美食

臭豆腐，也是美食？
人常常一边皱眉，
一边津津有味地吃：
美与丑，有时没有距离。

过桥米线

米线过了桥，
就不再是普通的米线。
能把心思融到面里。
面就成了心桥，不再是面。

腊八粥

结束了五味杂陈的昨天，
以一碗粥等待新年。
内心的味道，混合成了
一种食材，和一种心愿。

粮

人生所求，无非一口粮。
现在农民收割后，
就在地头卖掉粮，
外出去打工：挣钱，再买粮。

自助餐

人生，就像吃一次自助餐。
修养决定着你的喜好，
喜好决定着你的品味，
品味决定着你的命运。

大排档

大排档生意太好。一阵争吵声响起：
“我的这只烤鱼，为何那么多刺？”说这话的，是一个妙龄女。
“小姐姐，这不能怪我，得怪鱼。”说这话的，是一个小伙子。
大家都笑了。姑娘也笑了：她得到了“注意”。

撕

手撕老母鸡，手撕黄金鸭，
油炸小乳鸽，香爆小龙虾……
大排档的招牌，血淋淋地在风中招摇，
汉字之美，在油香中飘掉。

人与鸡

吃鸡的人活着各有名，
被吃的鸡活着只叫鸡。
吃鸡的人死后只叫鬼，
被吃的鸡死后各有名。

大蒜与咖啡

吃过大蒜，再喝咖啡，
口里有一种混合的香味。
大蒜与咖啡可相容，
不相容的，是人的嘴。

茶

饮茶者，不尽如茶清，
善饮者，最懂恭谨俭行。
廉、美和敬，茶之四经：
茶道之行，天下清平。

玉壶

茶壶，沏茶。
玉壶，盛心。
茶香成缕，
心香成片。

茶博士

因为茶的学问，时时润洗，
斟茶的成为博士，懂得茶礼。
喝茶的博士，
常常只喝出水的滋味。

滋味

同一道菜，
有时吃着苦，有时吃着辣，
吃的是菜，
吃出的都是人味。

嗑瓜子

茶馆里听到嗑瓜子，是闲味，
飞机里听到嗑瓜子，是烦味。
嗑瓜子的人，不同人相同心
听的人，不同人不同心。

品味

茶室里，一双白皙的手，用一把小刀子和一只小汤勺，
在一只金黄的芒果里忙活。
手停了。芒果似乎完好如初，只是瘪了。
无聊？还是品味？

咖啡

咖啡馆里人人都有故事：
有人喝出了苦，有人喝出了香，有人喝出了甜。
杯里的咖啡，伸出如烟的手，要把人迷醉：
她想听听人间的事。

青豆

一个小伙子在吃蛋炒饭，
却不看饭，只看手机。
盘里的青豆们不高兴了，
跳出来，溅了他一脸米粒。

红薯

童年的胃里，
是各种味道的红薯，
和空中飘满白丝的秋景。
现在的孩子，以为红薯是树。

栗子

一把生栗子，放进锅里。
铲子翻，栗子翻。
慢慢地，她们感到了温暖，
裂开嘴，笑了。

花生

明明长着朴实的面孔，
为何以“花”为名？
莫非命名的人，
当时正陷于爱情？

豆腐

豆子不想做自己了，
决定易容。
于是请人把自己磨碎了，在沸水里煮面膜，
最后终于成了西施，却是扁平。

路（四）

一

路，有的短，有的长，
但都有方向。
谁开辟了路，
谁决定方向。

二

人与万物，皆各有足，
造物主让各走各路。
走别人的路，
有时是不知道自己也有足。

三

选择奔跑的路，常常是直的，
选择散步的路，常常是弯的。
选择慢，常常就是选择
更多的弯。

四

我去过很多大城市，
也去过很多小城市，
却都走过一条同名的路，
所以不记得去过哪座城市。

春运

一切运输工具，包括脚
都在朝不同的方向运动，
都在朝同一个方向运动：
家！

驾驶习惯

靠右行驶，还是靠左行驶，
这是交通问题，也是文化问题。
不同的驾驶习惯，影响着
看问题的不同方式。

地铁里

地铁里的人，几乎都在看手机，
看的，可能不一样，
看起来，却都是一样：
就像一朵朵枯萎的花。

地铁口

胖的人，瘦的人，
地铁口涌出一个个人。
打电话的人，谈话的人……
似乎就没有笑着的人。

平静

地铁里，一个姑娘，
用纸巾蒙住双眼，在抽搐。
车停下，她起身离开，
就像什么都没发生。

化妆

熙熙攘攘的地铁里，
一位女士在淡定地
化妆：
周围的人，都是她的镜子。

养育

空荡荡的地铁车厢里，
一个小男孩在座椅上玩耍，
穿着鞋子，踹来踹去，
妈妈就在旁边，以笑鼓励。

座位

一位妈妈，拉着儿子，
在车厢里慌忙找位子。
儿子的人生，
可能因此就少了一份从容。

拉手

北京，地铁上，
我上车，习惯性扬手，
却只抓住了凉凉的长杆，
而不是灵活摆动的拉手。

东京地铁

凌晨，东京地铁内，
仍挤满了人。
一个醉酒男人抓着扶手打秋千，
一个女孩子坐着，擦着泪，或汗。

桥

山顶上造了一座悬空玻璃桥，
人爬上山，就是为了登上这座人造的桥。
人心成了石头，
塞住了七窍。

挤

高铁站的出口，挤。
一群群刚出站的人，都站在那里。
而再往前走两步，就是一片空地：
自己成了风景，却不把别人放在眼里。

鞋子

在上海高铁站，
穿高跟鞋的，多走向星巴克。
穿平底鞋的，多走向饮水处。
不同的鞋子，走出不同的口味？

回忆

每次乘高铁，我都不自觉想起，
少年时挤在火车厕所的日子，
人和人之间没有距离。而现在，
舒适了，却没了乐趣。

慢与快

绿皮火车，让我的童年复活，
缓缓地沿着轨道蹒跚。
我不再像过去那么着急：
方向有了，慢就成了境界。

烟

火车在山林间飞驰，
一闪而过的小城们用白烟，
拉短速度造成的距离，
我却想起童年的炊烟。

铁轨

两条冰冷的铁轨，
因了车轮的纠缠，
而有了人的麻烦。
于是，火车有了心事。

人与车

同样的车，同样的轨，
不同的人。
不一样的面孔，不一样的眼神，
同样的人。

机场

华丽，堂皇，繁荣景象，
办票口，安检口，登机口……
却很少有一张口，
是微笑的模样。

机场书店

机场里的书店，
看不到真正的书。
书上，
都贴着一张张钱。

机票

看着空荡荡的机舱，
再看看足额的机票，
想起满当当的机舱和半价机票，
不知为何。

相似

在机场听到“抱歉”和“流量”，
神似表白时，
听到“抱歉”和“原谅”，
瞬间，期待的心，哇凉。

眼界

等行李的人，都紧靠着传送带，
一颗颗脑袋，组成了隔离带。
阻挡了行李，狭隘了眼界，
人的眼中，只看到脑袋。

意义

邻座的小伙子，从飞机起飞，
就忙着将在国外的购物收据，
一张张贴于白纸。
我觉得无聊，对他，却有意义。

火气

飞机上，要吃饭了。
一个小伙子让前排的男子调直椅子。
没达成协议，两人起了争执。
小伙子头发稀，已看到了头皮。

空“客”

高空中看天，看到了
远处的山，或是山在
看我。山和我都不动，
我是空“客”，山也是。

中国

从凤凰城到旧金山的飞机上，
我要了一杯咖啡，一盒牛奶和三包糖，
糖的包装上写着三种文字：
sugar ，zacur和砂糖。

旅行团

人声鼎沸处，
常是中国人在聊天。
把对旅途的憧憬，
化为生动的喧天。

空中教室

国内，或国际航班上，
都有英文播报，却似航班方言。
看来，飞机就是一间空中教室，
教着不同的语言。

告别

从机舱外望，
看到草儿都朝着机头方向，
不停地点头，
不知是因风吹，还是在颔首。

眼泪

飞机上，一个姑娘在默默地哭，
她每滴一滴泪，
飞机似乎就晃了晃：
外面的云，同情她的悲伤。

旧金山唐人街

走在旧金山的唐人街，
我以为时光穿梭回过去的中国，
似乎全世界的汉字和汉音，
在这里都消弭了时空的距离。

东方艺术

Nothing is everything,
Everything is nothing.
这是东方的艺术，
Nothing is nothing.

毛笔

柔软的毛，
能写出硬朗朗的字。
笔管输入了心力，
就成了血管。

水墨画

水与墨，
一个要分，一个要合。
分分合合，
绘就万千丘壑。

花鸟画

鸟与花，并不喜欢在一起，
都以为自己的美，
会让对方受到惊吓。
多事的人，却成了画家。

插画

一首诗，配了一张画：
寒山顶，枯树上，一群昏鸦。
断肠人，看不到树枯，
只听到鸦。

摄影

用人造的机器，
获取他人的东西。
再美的画面，
都不是创造。

快板

噼噼啪啪，叮铃咣当，
节奏总是那么爽朗！
没有直面相击，
哪来如此清爽？

剪纸

把平面变成立体，
让平庸充满灵气。
赋予其活力的是手，
而不是纸。

古琴

高山流水割琴音，
广陵散绝后无人。
一样的七弦，
奏出不一样的韵。

吉他

床头的吉他，
已经成为一道风景。
青春的拨弄，
已经远去，随风。

口琴

吹口琴的年龄，
我不懂旋律，
但吹出了自己的心情：
最美的音乐，只有自己懂。

图腾

把自己的敬畏，
刻画成图像虔敬。
又把畏惧和希冀，
托付于它消或承。

文艺书吧

文艺，书，吧，文艺书，吧，
还是：文艺书吧！
进去“吧”，
都忘了书，更没文艺。

脸

书店里，
咖啡的清香，盖过了书香。
如同人长着两张脸，
或一根茎，开着两朵花。

文学

文学是一切艺术的灵魂！
不错！但文学首先要有灵魂！
不错！但文学要有灵魂，
先要文人有灵魂。

作家

明明是坐家，却自诩为作家，
可谓自恋到家。
可怕的是：他自虐，
却作大家。

批评

把批评做成表扬，是艺术。
把表扬做成批评，是技术。
批评不痛不痒，是手术。
表扬声色俱厉，是心术。

食洋不化

从一个西人，到另一个西人
用汉语，阐释着西人的理论，
却始终不知，能指的西人，
是不是所指的西人。

《摆渡人》

《大话西游》，唐僧讨论人生，
絮絮叨叨，要了妖的命。
摆渡人，不知自己是妖，还是唐僧，
只以为比别人更懂人生。

《太阳的后裔》

《太阳的后裔》火了！
姑娘们每天提心吊胆地等着。
等的不是太阳，而是后裔。
太阳只笑，不以为意。

《阿甘正传》

所有的起伏，
所有的跌宕，
所有的苦乐，
都为了等一个简单的人生。

象天

太阳出来了，
星月隐去了。
日日如此，年年如此，
显隐之道，成为人理。

法地

水往低处流，
气朝高处游。
地生万物四季明，
理地即理人。

白龟

麟凤龟龙为四灵。
白龟遇伏羲，
纹理启八卦，
人理通天理。

四书

《论语》，《孟子》，本有师承。
《大学》，《中庸》，明德运承。
圣贤智慧，贯通天地，
只有愚人，才当成风。

《论语》

春秋战国无宁日，
丧家之人，心系万家。
最分裂的时代，
却产生了最美好的理想。

《大学》

治人，先修己，
修己，为天下平。
明明德，知亲民，
“大人之学”成。

《中庸》

不是平庸，也不是绥靖，
凡事适度，公平。
和而不流、持中而行，
人，才中用。

庄子井

井，在树荫下。水凉
或者不凉，都一样。
有没有水，也都不详：
你看到的是水，也可能是幻象。

光环

即使用最耀眼的元素装点成，
最灿然的一闪，也会很快变淡消散。
做枯萎的花，
还是昙花般的闪？

路灯

路灯，用晚霞般的柔光，
撩拨得树叶
一脸羞红，
如夕阳下的新娘。

晚霞（二）

一

晚霞簇拥着夕阳，
西下；
就像夕阳下的新娘，
期待拥抱新郎。

二

云拥着落日归寝，
自己羞得红了面颊。
星星笑了，悄悄给她
披上面纱。

月（二）

一

日出而隐，
日落现身。
以自己的衬，
成洁净之身。

二

不同的人，喜欢不同的月。
中国人喜欢圆，
日本人喜欢缺。
人在看月，也是在看自我。

星星（二）

一

天上的星星亮了。路上的车灯也亮了。
车灯使劲眨眼，晃得行人闭上了眼睛。
星星心疼，就褪去了自己的光，不与车灯争。
她也知道，车灯，没有黎明。

二

只有在夜里，才能看见星星，
越黑的地方，看到的星星越明。
在心的暗夜里忍耐，
才能等到黎明。

垃圾桶（三）

一

宁愿自己藏纳人垢，
也让人和这个世界，
体面，干净，
满足虚荣。

二

脏的时候，请爱我，
因为干净的我，人人爱，
让我分不清
谁是虚情，谁是真爱。

三

按时，按地，条分缕析。
干的，湿的，都有规矩。
让你守了秩序，
人也有了礼仪。

校门

校门越来越宽，
人行道越来越窄：
车道把人隔到了两边。
校门，看着有点偏。

大学排名

就像一只方向盘，
被看不见的手操纵。
乘车的人看不清方向，
只随着车的摆动而动。

影响因子

Impact Factor，外国词，
在许多中国人心里发酵，冒泡，
呼出的热气流，在冷风里凝成白光，
如同枪口喷出的火药。

答辩

每次参加学生论文答辩，
我都耐心地等待“辩”。
可等了多年，
仍只有“答”，没有“辩”。

支付宝

付出自己，改变了世界，
也在不断改变着自己。
支持世界长高，
自己也会不断提高。

海淘

大海里捞针，
从未被当成真。
到别人的地盘购物挖人，
却说是海淘，仍不拿海当真。

入口

所有的成功，都始于入口，
所有的失败，都始于入口。
犹如买票看电影，
进，还是未进，不一样的风景。

密码

免费WiFi，
登录前先要获取密码，
阿拉伯数字，加上洋文字码：
若非学贯中西，还真拿不下。

下载

英文名叫down，中文可译成“落”，
就像树上落下苹果。
可能是熟果，
也可能是虫蛀鸟啄过的烂果。

便民挂钩

公园里，“便民挂钩”出场。
“便民”，是自我表彰，
“民用”，朴实而不张扬，
是否方便，用的人会用心量。

冷

五角场的巨幅广告屏幕上，寒风中
一个女星举着Oppo手机低头沉吟。
“这妞不冷吗？”一位大妈心疼。
“你以为她会白挨冻！”大爷意在言中。

《驴得水》

从驴得水，变成吕得水，
一有人的姓氏，
人就不如驴。
单纯，只是驴的专利。

高尔夫

每一击，
都挖个坑。
还傲娇地飞跃，翻滚，藏匿，
戏弄着尾随的人，游戏人生。

乒乓球拍

我的第一块乒乓球拍，
是用一块桐木板做的。
难保球的方向，
却始终保持了球的形状。

麻将

再千变万化，
再无穷花样，
都是为了玩：
把心玩麻，变僵！

醉

云彩翻卷着浪花，
顺着光柱往天上爬。
神仙邀他月上钓星星，
上钩的只有蛤蟆。

真假

越是假的，越要让人当成真，
越是真的，有时越让人当成假。
真的永远都是真，
假的永远怕被当成假。

谎言

编织一个谎言，就是编织一个神话。
编谎者如缀网之蛛，劳作不停，
不同的人，不同的评价：
智者视为谎言，愚者视为神话。

算命

把生辰八字交给算命先生，
好像连命运也一块奉送。
双方都神情凝重，心思相通，
口音却太重，都听不懂。

假币

一位卖野菜的老人，
拿着一百元假币，
浊泪，一滴，又一滴。
骗人的人，没有灵魂。

筛子

每天，我们耳里眼里心里，
都会涌来真假难辨的信息。
我们要学会用心的筛子，
滤去虚假，无聊和无趣。

双簧

你说我演，
你演我唱。
真的总在幕后，
假的总是很像。

真话

以谎话引出谎话，
或以谎话引出真话，
或以真话引出谎话，
都不如不说话。

热的话

把直话，绕弯了说。
把谏言，涂上色说。
把冷言，加热了说：
不是为了你，而是为了我。

话语

说什么，怎么说，
谁听，谁说？
谁有了说话的权利，
谁就有了强大的祖国。

沟通

所有的沟，
都是为了通。
挖沟不为沟通，
就可能是陷阱。

共通

儒家的仁，佛教的慈悲，
基督教的博爱，都为了爱。
同归，
虽殊途。

指引

天堂人人都向往，路途熙熙攘攘，
艰险也一定非同寻常。
说教者把人都领到此路，
他却独享天堂外的蔷薇花香。

油灯

油成为灯，
需要一只盛油的瓶，一条灯绒，
和一只引燃的手。
但有了光，人常忘了那只手。

辩证法（二）

一

翅膀的大小，决定了飞行高度，
肌肉的强弱，决定了飞行长度，
心胸的大小，决定了幸福的宽度，
朋友圈的大小，决定了烦恼的幅度。

二

旭日，
把晨曦中的暗影一点点照亮。
然后又在每一处亮光下，
再铺上一道暗影。

景

同样的景，不同的人，
看成不同的景。
看景的人多，懂景的人少，
还不如草丛里的虫，穿过的风。

矛盾

读书越多，说话越少。
思考越多，声音越小。
有理的人，不吵，
无理的人，胆小，就吵。

生存

人类总以为
只能站着才能生存。
若变成人鱼，
节约了陆地，是否也能生存？

生死

一片翠绿的菜地，
挨着一片暗灰的墓地：
生与死，
没有间距。

清明

每一次清明，都有一场软雨，
雨后，都能开出更鲜艳的花儿。
逝去的人，在以新生的灿烂，
让生者，更爱惜生命。

光与暗

万物都喜欢阳光，
实际上也都喜欢黑暗。
只要失去的光不再来，
黑暗就与万物成为同伴。

风筝

空中两只风筝，一高一低：
大的线上挂着一串小风筝，小的独自高飞。
选择了不同的承重，
高度自然不同。

气球

充了气，
就绷紧了生命。
不充气，
只徒有其名。

灯谜

既然是谜，
为何还要靠着灯？
似乎知道了谜底，
但又若即若离。

近与远

只要有足够长的距离、时间，
历史，就只是一个点。
看事，要近，
看人，要远。

里子

垃圾堆里扔着一件皮衣，
领子袖子外皮都烂兮兮。
拾荒者捡起，只取走完好的内里：
喜欢表现的，最早被抛弃。

平衡

快与慢，就是平衡，
内与外，也是平衡，
得与失，同是平衡，
没有平衡，就没有苍生。

意义

一切的意义，都始于看似无意义，
或错误的目的。
把看似无意义的事做到底，
就有了意义。

活着

不沉湎于过去，
也不牵挂未来。
踏实每一个脚印，
留给后来。

效率

不论古时，还是今时，
心跳的搏动都渴求效率。
有了金刚钻，
就莫等滴水穿石。

影子

有太阳的日子，
你就有影子。
你要撵走影子，
你的生活里就没有阳光。

电话

铃声一响，
就是一个新世界。
你只是无法看到，
创造者的表情。

梦蝶

因为梦里开了一朵花，
所以引来一只蝶。
花为梦而来，
蝶来不只为了花。

金枝玉叶

金枝不是真枝，
玉叶也不是真叶。
做了金枝玉叶，
就难做真枝真叶。

愤怒

不坚固的船，会翻，
无归巢的鸟，会成盘中餐
无封顶的房，会烂
无控制的情绪，会让人难堪。

裂缝

岁月，会留下无数的裂缝，
墙上，心上，水上，树上……
有裂缝的地方，
才有透过的阳光。

雕像

以沉默，把自己裹实，
保持与俗世的距离。
远离喧闹，
只为独享汹涌的心思。

宅

宅的人，
一般只有窄的窗。
但只要推开窗，
世界就会不一样。

窗

一枝桂花，不停地拨动窗栏。
她要唤醒窗内的少年，开窗
嗅嗅香气的嫩黄。
花开有时，莫辜负了春光。

洗脸台

每次擦洗大理石洗脸台，
都好像在抚摸一处处疮痍的山体，
和石材厂尘烟中的脸。
我不敢看镜子里不知是谁的脸，低头走开。

洗手

早晨洗手，时热时冷。
有时手冷，有时水热。
有时手热，有时水冷。
搞不懂谁热，谁冷。

烟囱

雾霾天，我常想起童年。
爬到树梢，看城里的烟囱
把烟雾撒到蔚蓝的天空，
我从中看到了梦和纯净。

虹

天漏了，雨不停往下滴。
女娲细心，
她补好天，还用彩虹
把天锁好，搭好天梯。

造景

一夜暴雨，运河湍急，
一位白裙女士，站在河边，
一手刷牙，一手扬起，
成了一首诗。

理想

成为别人期待的理想，
就意味着要承担别人的失望。
别人对你的理想越大，
可能也会对你有更大的失望。

生命力

生命力有长度，也有宽度。
长度：存活多久，
宽度：影响多大。
有无生命力，这是两把尺度。

概念

会飞的不一定是鸟，
也可能是飞机，或火箭。
你越沉迷于概念，
概念越喜欢与你做游戏。

安慰

痛苦时，最大的安慰，
是去安慰痛苦的人。
为别人疗伤，
自己的伤口就会自愈。

痛苦

痛到心里，才是苦，
苦到思里，才是苦痛。
人不是猪，
所以注定一生痛和苦。

距离

窗外一棵树，看在眼里，
故乡一棵树，留在记忆。
树上鸣叫的鸟儿，
是不是年年在测两地的距离？

见识

知识与见识，
这是两个问题，
相差何止千万里！
很多人有知识，却没见识。

情理

重情，还是重理，
常让人无所适从。
在动物的世界，
是不是也有此标尺？

期待

因为期待山外的风景，
我们翻过一座山，又一座山，
只发现山那边，还是山：
心造的山，最难翻。

俯瞰

仰望，是天，
俯瞰，是世。
天，望不到边，
世，会看坏了双眼。

夜

寂静的夜，只是在梦中。
只需一次无眠之夜的漫步，
你就会明白：
夜的世界与白昼并无不同。

鸡与蛋

鸡生蛋，还是蛋生鸡，
这是苏格拉底的问题。
只要回答了这个问题，
你就是苏格拉底。

有与无

书少时，觉得自己有书。
书多时，觉得自己无书。
人，总在无时才有，有时却无，
犹如饥饱和财富。

苹果

当许多人面对同一个苹果时，
苹果就不是苹果，而是别人的苹果了。
每个人都看不到苹果，
只看到了也看着苹果的人。

麦穗

麦田里，你找不到最大的麦穗，
因为你心里的麦穗更大。
有了太多的选择，就不会选择，
有了太多的机会，常常就没有了机会。

柳絮

飞扬，像雪，但更轻盈。
像灵魂，顺风飘向
钢筋水泥间，然后撞碎自己，
想以柔克刚。

饥饿

爱读书的人，越读越饿，
心越来越阔；
不爱读书的人，一读就饱，
心日渐萎缩。

补偿

雷电过后，常有平静；
酷热过后，常有蓝天；
劳累过后，常有酣眠；
月缺亦圆，人常不看。

静者快眠

每次失眠，都因为思绪太乱，
静下心，则顿如清风扑面，
很快就能微鼾:
静者快眠。

时光

在与风的合影里，
在与树的合影里，
在与自己影子的合影里，
我寻找着你，你却不知。

光阴

时间都去哪儿啦？
我到处找。
但见紫了葡萄
桃花又红了。

钥匙

钥匙有凹有凸，锁孔有凸有凹，
凹凸对凸凹。
一把钥匙，开一把锁。
人与人，也如钥匙和锁。

锁

第一个用锁的人，
肯定比别人聪明，
或者比别人都富有，
但也都比别人少了真诚。

界

一个点两个点三个点，
点点成线，就有了界。
看得见的界好躲，
看不见的心界，却总想越。

处

水到尽头，不知所处，
自有归处，不问所处。
所处即处，归处所处。
处处可归，所归可处。

幻觉

把幻觉当真，
就如看水中的影，
手一搅就碎了，
只是谁都不愿伸出手。

幸福

风有东西南北，路有大道小径。
迈出自己的步，抓住手里的风。
能守住的，就是幸，
能伴你的，就是福。

芳华

人生中的一段悬崖，谁都得爬上。
人生中的一朵鲜花，谁都想摘下。
为了最灿烂的一瞬，
可能失去一生的芳华。

信任

信任，是一把刀子。
信任，是一把尺子。
信任，是一汪池水，
有鱼，也有污泥。

买瓜

买了几只西瓜，卖瓜人好意代送回家。
买瓜人付钱先行，却担心失去了西瓜：
翻江倒海，酸甜苦辣：
打翻一个世界，只需要几只西瓜。

纸

身轻，又体重，
无力，却可承重。
一代代人的喜怒哀乐
全借了你而轻或重。

借

只要“人”一开口说你，
一切感情都成“昔”。
借钱的人见你就忘，
借出钱的人见你就气。

诺

热血沸腾的誓言，一旦
把舌尖烧灼，就都变成了“若”，
一闪即灭，
如灯泡热爆。

淡

水火不容，那是谣言。
火烤，水散，只是不见。
人生如水火，
阴阳相济，相偕成淡。

诗

言语，
切成寸，再敷上土，
就成了诗。
会挖土的人，都是诗人。

诚

言必信，信必果，
已诺必成。
现在的人，立过合同，
还得再公证。

思

心上有块田，
用血浇灌，当然就会有负担。
只有融入了自己的心血，
才有结果实的田。

王

“王”，去掉帽子，
就是“土”。
还得靠一根杆子穿起来，
否则，就只能靠“横”！

王冠

国王战死，战场死寂。
他的王冠掉落尘泥。
有人捡去，
做喂狗的槽。

品

品人，人品，都离不开口。
三口成品，众口铄金。
品人者，待品者，
都不可不慎。

灿

火烤山，
得到了一次绚烂，
大山也获得了温暖。
能者，多愿偎依在强者身边。

汗

水出，就是为了干。
自己消失，才可滋润荒田。
为让果实滚圆，
还把自己挤干，变成秸秆。

老师

老了，才为师，
或者老是为人师，
或者一直到老都以人为师：
善师人者，皆可为师。

学生

学而不思，如谷之生，
思而不化，如煮谷而不熟，
化而不行，如谷熟而不食：
都是学，而仍生。

预言

不知道，所以可以胆大，
将未来美景尽情描画。
只要不需负什么责，
人人就都可成梦想家。

独

善独处的人，就像蛰伏的虫，
弯腰屈身，护心蓄能。
只待惊蛰第一声雷响，
才伸张身体，一飞天惊。

啸

口无芝兰香，
腹郁不平气。
偕风肃然出，
心远音不响。

涤

看到丝绦，
我总想到涤。
把灵剖成绦，洗一洗
才能干净了世界和自己。

Gossip

Go!
Say Something,
To or by
Inexistent Persons。

名

成名，
往往就只剩下一张口，
在残阳下等待落幕。
吞得越多，幕垂越低。

笨

拙且守拙，是为人本分，
却被称为笨。
人一穿上社会的外衣，就忘了本，
犹如“本”把竹笠戴上身。

拆

一排低矮破旧的工房，
“拆”字在墙，
“福”字在窗。
“拆”字若去，“福”飘何方？

约

是约束，是简约，也是守诺，
是自制，是戒奢，也是守信。
信了这个字，
就鲜有过。

音符

每一个音符，
都是一个小探头，
寻找着人内心深处
那一处处柔软，奏出心曲。

玉

遇见人之前，
也就是一块石头。
只要有灵魂，
就有知音。

赏

这个讨人喜欢的字，
也常去讨人喜欢。
赏金，赏银，赏心……
为了找个伴，她得向人屈尊。

顺序

狼吞虎咽，为何不是虎吞狼咽？
狼心狗肺，为何不是狗心狼肺？
平上去入，自然有序，
成就了汉字的美丽。

纯真

纯，过了，就脱离了真；
真，过了，就成不了纯。
真纯，必食人间烟火。
纯真，必吮大地为根。

智叟

虽脚踏实地，却不务实，
愚公只能生活在古时。
智叟更属于一个创新的世纪：
畏难而思借力，往往是革新之始。

精卫

石子落海，没一点回响，
激起精卫更大的愤怒。
泳技不精，却迁怒于海：
她要填的，首先是自己的怒海。

牛郎

以生米煮熟饭的野蛮方式，
骗取仙女的善良而非爱情。
还以生死之交般的母子情，
想搬到天庭。

梁祝

至今不明白，
英台为何爱山伯。
男人一直在用一个个传奇，
蛊惑着一代代好女子。

夏洛克

只为争取正当的权利，
就被贴上恶毒的标记。
贴标签的人，对其财富，
却无不觊觎。

西西弗斯

因为一个单一的动作，
和一个淡定的笑容，
一个受虐者成了偶像。
创造新童话，需要专一。

海伦

特洛伊毁灭，世人归咎于你的美丽。
他们只是在以美丽的借口，
掩藏自己的贪欲。
你清楚，所以并不悲戚。

柏林墙

风从东德到西德，得过柏林墙。
风从西德到东德，也得过柏林墙。
墙被风吹得一脸皱纹，一如墙两边的思想。
不堪重负的墙，决定倒下，让风通畅。

茶马古道

汉藏古道，是沟通之道。
藏人需茶，汉人需马，
以马驮茶，茶到马到。
各取所需，交流王道。

花木兰

十二年不露女儿身，
是身边的男人蠢，
还是纯？
要在今天，肯定戛纳夺金。

后庭花

后庭的花开了，又谢了，
她曾寂寂无名，
现在却成了亡国的别名。
陈叔宝，给她挖了坑。

长征

一步步走，一滴滴血，
凝成一路血痕。
浴血，洒下漫天红花，
凝成一种大写的精神，真正的人。

空城计

明明异常，也觉异常，
司马懿表现正常，就成了异常。
能战胜自己的，只有自己。
能打败自己的，只有自己。

抗疫（三）

口罩

我和你，都戴着口罩
还隔着一米的距离。
我们的微笑，
却还都能看到。

网课

若不能推动变革，
每一次灾难的危害，就会加倍。
空中教室，用无所不在的网，
编成全民阅读的一本书。

开学

不过才过了数月，
走进校园的就成了一个全新的我。
第一次觉得，食堂的饭菜，
比妈妈做的好。

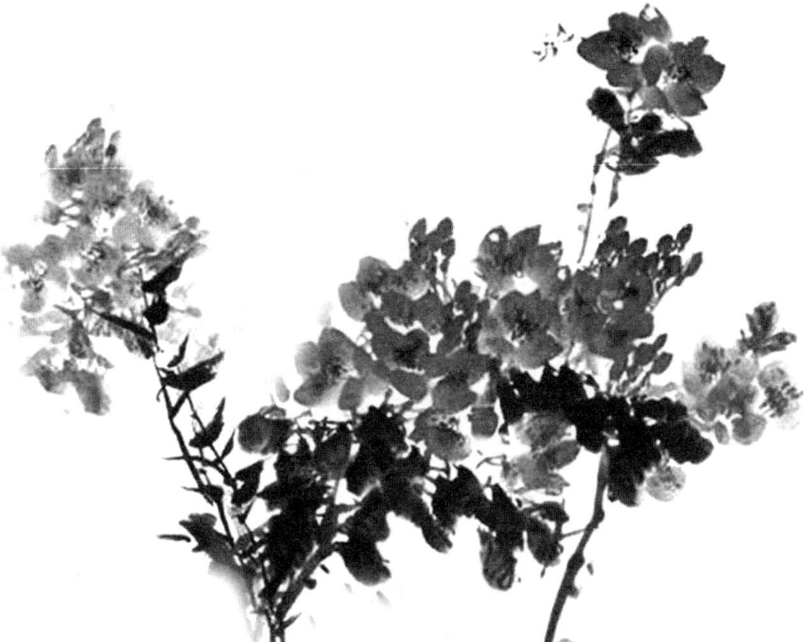

第三部分　路拾录

1.留学生教育要粗中有细，细中有异。

2.当你感觉不到祖国时，你梦中所说的语言，就是你的祖国。

3. 以激发汉语学习者对本民族文化的认知和自豪，来推动他们学习汉语的积极性并实现汉语与中国文化对学习主体的深度融入、不自觉融入。这是推动目前汉语热度持续不减的有效手段之一。

4. 真知为文化之基，善念为文化之源，美感为文化之魂。

5.中华文化国际传播的理想结果，是通过合理的方式，使中华文化成为所在国自身文化发展的内在需求。

6.中华文化走出去不是单纯输出中国文化，而是要推动对象国更好地借助中国智慧、中国方案自主性发展自己的文化，同时不断汲取对象国的文化，丰富和发展自己。

7.以开放自己推动其他文化的开放，并在更高层次上丰富自己、发展自己，这是文化交流之美，也是优秀文化之所以越来越优秀的根本原因。

8.以中国形式的传播手段实现外国形式的接受，实现无形式的吸收和融化，是文化走出去的基本前提、基本手段，也是基本目标之一。

9.中国文化属于“包子文化”，含蓄且意蕴深厚；西方文化属于“披萨文化”，直露且开放主动。吸引外国人打开包子是当前中华文化走出去的前提，至于打开包子后是用勺子吃、叉子吃、筷子吃还是直接用嘴咬着吃，是放在碗里吃还是放在盘里、碟里、盆里吃，并不重要，只要能吃下去，就是目标实现。

10.孔子的世界属于世界，要让全世界都了解和理解孔子世界中的这个世界，这是孔子学院的任务之一。

11.文化传播的最高境界是如空气一样的存在。你可以不知道具体在哪里，但你知道就在那里。

12.文化国际传播在某种程度上就像梁山泊英雄们排座次。第一把交椅可能材料不是最好，但位置最好。占了先机，哪怕有了瑕疵，也多了改正的从容或主动。

13.在推动民族文化“四海为家”的过程中，我们每个人都只是微不足道的一滴水，但只要尽到了润泽之功，久久为功，不但滴滴之水汇成大海，而且每滴水都自成大海，自成世界。

这时的世界，就不再有人为的阻隔了。

14.文化之间差异为先，但一切文化都具有共性和共同的发展规律，即文化都基于最朴素的人性，都基于对真善美的渴望和成就，也都渴望世界成为真善美的人间乐园。

15.我们生活的世界是一个差异性的存在，也是和谐的存在。文化差异是客观存在的，所以也是不可能消除的。主动去说明自己，不是消除差异，而是互相理解差异，这就是和谐。

16.文化传播不存在绝对的平衡，只存在绝对的不平衡，因为传播需要势能，就像水往低处流，只有借助文化势能，才能实现文化的输出与接受。

17.文化冲突最激烈之时，就是文化和谐之机。冲突过后的友谊，可能更纯净更美好，犹如暴风雨后的平静。

18.文化共同体是一个文化交融的试验田，一方面要让本国的文化土壤、温度、湿度等适应来自不同土壤的文化种子，另一方面要使不同文化土壤生长出的种子要通过这个试验田的层层筛选，逐步与文化新土壤相互适应，相互“对脾性”“对口径”。为此，要该输血就输血，该补钙就补钙，该吸氧就吸氧，在文化种子从不适应到适应的过程中逐步消除各自的“排异性”，实现文化共存。只有经过了这个文化适应过程，不同文化之间才能相互适应，才能各得其所，各得其生，各得其家。只有朵朵花都绽放，才会真有文化百花园。

19.浮夸如同浮肿，不管看着多胖，都是病。文化传播若只求量不求质，也是浮肿。

20.武力逞强一时，文化感化一世。

21.文化交流犹如制砖，“砖”的颜色、尺寸、厚薄，都要形成统一的标准，但不是只有一种标准，而是适应不同建筑需要、不同文化需要的不同标准，只不过这些标准都要追求质量第一原则，并且由合作各方共同商定并执行。

22.发展中国家要坚持节能型文化走出去模式，精准投放有限资源。漫山遍野一片红，有时不如漫山遍野一点红。

23. 荒芜的地，我种了，可能成为我的田。否则，永远都是荒芜的。文化走出去也是这样。

24.中华文化走出去急需从自发到主动，从无序到有序，从个人到集体，从主观到客观。

25.海外中国城，是中国文化输出的象征，也是不同文化强弱之别的标志。

26.以传播为目的的翻译侧重主体，以交流为目的的翻译侧重理解，以沟通为目的的翻译侧重信任。

27.当外国人不再把“龙”理解为dragon时，龙的传人也就走进了世界。

28.翻译就是转化，是戴着镣铐跳舞。好的翻译，应在追求两种语言词汇意义的某一单义对应的同时，还能让读者读出背后的多义，产生语言的张力，造成阐释的多样性和复合性，即语言本身的意蕴无穷。

29.成功的翻译，是不同语言实现相互丰富，最终实现不同语言各自丰富。这是翻译的功能，也是境界，更是妙处。

30.好的翻译，风情万种，浑然天成。反之，只有貌，没有情，没有核，只有形。

31.学术，即学习做研究的方法；学问，即学会了疑问，质疑。学术是基础，学问是境界。

32.做学术要有阳光般纯净的心态。

33.学术即生活，学术问题本身是生活问题。领悟生活之道就能找到学术之道。

34.做学问就是解决人生的问题，但必须是真问题。

35.做学问不能满足于做阐释者和传声筒，要形成自己的话语体系。否则只有假面，没有真脸。

36.许多人做学术，只是为了得到学术以外的东西。若得偿所愿，则失去了学术。若所愿不得，则两者尽失。

37.为学术而学术，稻粱自有；为稻粱而学术，虽能饱腹，然学必空。

38.学问大小与胸怀大小、情怀深浅相关。善养浩然之气者，可涵日月精华，时机一到，学问就可浑然天成。

39.做学术，常常是小时间出思路，大时间出成果。

40.下笔千言易，胸有一策难。教学生知言能言，更要出策。

41.人一般先有职业，才有事业。事业一般起始于职业，投入了一定精力与情感的职业就会成为事业，事业也就成为“世业”，成为一生的寄托了。

当还不清楚自己有没有事业时，就先把自己的职业做好吧。

42.人文研究的语言要有张力，更要有诗意。有诗意的语言才真正有力。

43.写一篇惊世大文章，如一树冠盖群峰，足以成春；写很多小文章，如群花覆盖四野，也足以成春。

44.荒度时日，如荒废良田，徒剩荒原和不再驿动的心，只有一份苍凉在。

45.都以为风花雪月才是梦想的生活，一如文人梦中的马良的神笔。

若没有柴米油盐酱醋养成的一副皮囊，又怎能知道何谓风何谓花何谓雪何谓月?

习惯于追求外在的华丽皮毛的人，实际上自身连皮毛都没有。

46.人生苦多于乐，梦十有八九变不成现实。不如先迈出一步，把眼前能做成的事做好。

47.生活中的一个个细节，构成了我们的人生。重视细节吧，因为每一个瞬间都可成永恒。

48.鼾声如雷的人一脸甜蜜和幸福，却不知道无眠者的焦灼与愤恨。

当我们陶醉在自己成功的喜悦中时，若能睁开沉醉的双眼看看周围不如我们幸福的人，你才算真醒了。哪怕一生只这样醒过一次，也远胜于永远只沉睡于自己梦中的鼾者。

49.能做梦的人是幸福的，因为梦中能得到现实中得不到的；能做梦的人也是不幸的，因为梦中也躲不掉现实中不想见的人和事，而且变得更恶。

50.不经过磨难而得到的快乐，决不会踏实而恒久。

动物不一定有这种认识，但人应该有。当然也有没这种认识的所谓人。

51.没有痛苦，就不知道何为快乐以及如何珍惜快乐。昼是夜的昼，夜是昼的夜，这是人生的辩证法。

52.强者，常起于弱，起于毫末。弱者，常源于强，源于气盛。

弱者善积，易满足，易因亏而盼圆，故易求。

强者易折，易损耗，易因圆而惧亏，故易倾。

53.身愈高则骨应愈强，位愈高则言应愈卑。

越强大，越谦卑；越积功，越谦恭。伟大的人，都是无比谦逊的人。

54.猛兽有时需要露出牙齿，才会让对手觉得害怕。否则，即使是狮子，有时也会被认为是只病猫。当然，关键还在于实力。

55.黔之驴之死不是因为踢了狮子，而是生了气。所以，控制情绪能救命。

56.势可成事，亦能坏事，关键在运势之人，之时，之利，之弊。

57.回头看的勇气多大，向前看的胆量就有多大。

回头能看多远，前行就能走多远。

不敢回头看，注定走不远。即使走，也常偏。

58.易做之事易成，难做之事有成。

59.独处一室，可以独占一处空间和空气，也可独享窗户里射进来的阳光；

而走到外面的世界，在与别人分享空间、空气和阳光的同时，实际上自己也得到了更大的空间，更多的空气，更多的阳光。

60.人都能看到心的围墙，却不是每个人都想到去撞破。

61.诗在远方，路在脚下。
我们都看不清远方的路，那就先走好脚下的路。
走到远方，就写成了诗。

62.故步自封的人，常常在自怨自艾中度过一生，却不知道，多走一步，就能破茧而出。

63.常抱怨环境和外在条件的人，一般不愿自己去改变，却总希望别人替自己去改变。

64.困人死地，人必死战，困者多死；
留人生路，人必求生，众生皆生。

65.过于丰富本身常常会成为一种单调。浩渺之水，波澜不兴。

66.努力把不喜欢的事做好，自己也会变得更好。

67.堂堂正正做人，还要尽可能帮助那些不让你堂堂正正做人的人。

68.人人都有自尊，但应避免自卑的自尊，而应形成基于自觉的自尊；
人人皆有自信，但应避免肤浅的自信，而应追求稳如泰山的自信。

69. 骄傲可能源于自卑。极度骄傲的人可能最脆弱。
爱护自傲者，如同端在手里的玻璃杯。

70.与聪明人在一起，就把自己想成傻瓜。

71.一个把世界当傻瓜的人，是世界上最大的傻瓜。

72.以身份论人，是小；不以身份论人，是大！

73.谁都想风吹不着，雨淋不着，太阳晒不着。但能活下来，能活好的人，都是在风中雨中、太阳下奔波的人。

74.奇幻之景，需有奇妙之睛。生活中处处有美，但不是谁都能发现。

75.人人都想办成事，办成大事，但不是人人都会先想想事成之后的事。

76.付出时不舍，获得时总觉不足。实际上，付出与获得总是成正比的。

77.付出了，获得了，生活就是圆满的。简单生活，就是真实的生活。

78.不要忘了为我们付出的人和世界。

79.朴实地劳作，不求虚饰的外表。

80.人人都想坐享其成，虽然常常只能拾人牙慧。

81.人的一生就像一道数学题：人是蓄水池，放进多少水，又放出多少水，然后求还剩多少水。

人的一生，就是找到合理的平衡。

但很多人一生都算不清。

82.人生一世，无非一日三餐。人却多在为三餐以外的需要，断着一日三餐的根。

83.蜗牛不出头，似乎安全，但会饿死。动，就有风险，但才能找到更好的生存环境。这也是人生的两种形式。

84.回避困难，就是放弃创造历史的机会。克服困难的过程，会创造出更多的困难。但每一个新困难，也都是进步。

85.过多强调客观困难，客观困难就会成为主观困难，由不能做变成不愿做或认为自己不能做。这样的困难，更难解决。

86.人在顺境时往往忽略困难。这是人的惰性。

87.问题都由矛盾构成，没有矛盾就没问题。没有矛盾也往往解决不了问题。

88.人最可怕的不是犯错，而是不知为何犯错且一错再错。

89.多自省，多自辩，多自动，事情必成。

90.清爽之人，必有清肠之能。不除旧，焉有新。

91.人的品性，就是自传的作者，也是客人进来的大门。

92.戾气只能带来晦气，和气总源于志气。

93.人类社会只有两种：好人生气，坏人神气的社会；坏人生气，好人神气的社会。

94.机会若运用不当，常常是不幸的开始。

95.只做梦不做工，习惯性只想走捷径……都是未老先衰的征兆。

96.人常在现实中，却总渴望浪漫，以为浪漫都在现实之外，却忽略了一点：现实中自有浪漫性。能找到现实中的浪漫，才能实现现实与浪漫的合一。

97.人习惯于追求一个理想的世界，却不知道有时身边的一个人，一件事，一份工作，一朵花，一只飞虫……就是一个世界。把自己奉献给看似微不足道的世界，就获得了一个完整的世界。

98.从最平凡的生活中发现美，这是人生的魅力，也是一种生活能力。

99.话越真，听者越少，信者更少。

人之所以愿听假话，不是因为缺乏辨别力，而是因为不愿面对现实：现实总是伤痕累累。

100.习惯于好高骛远而不扎根大地，是需要警惕的。譬如爱情。

101.信任和互助是世界和平的手段。

102.人们处于同一个世界，但处于不一样的世界。

103.人和世界的关系，像朋友。但世界不会花费过多时间等待一个人，她要继续行走的。

104.人与人之间的关系，有时还不如人与动物之间的关系。

同类难和谐，异类易和谐。

105.对手比朋友更了解你。最致命的对手最了解你。向对手学习，实际上就是求生。能把对手当朋友的人，也就没有了对手。

106.追求时尚有时就是追求完美。形式会改变本质，只不过并非人人都能做到。

107.理想之光不一定能穿透黑暗，但要找到理想之光，则一定要经过黑暗的行程，外在的和内在的黑暗都有。

108.理想一旦涂上功利的墨，就黯淡无光，也长不出翅膀了。

109.为功利若失去根本，就必折于功利；为良善若失去判断，必然受辱于欺骗。

110.每天早晨醒来，都把自己看成一个新的神奇。

111.找到真我，即是皈依，所以每个人都是自己的真神。

112.世界很大，也很小，关键是你看世界的位置，心的位置。

113.大自然的一切都是最完美的，人不应改造自然，而是要顺应自然。

114.相对于经院式的伪知识，自然的创造才是伟大的，因为真实。

115.只有向大自然、向世界奉献自己，才能使自己的生命有了实质，有了真正的意义和价值。

116.你爱世界，世界才爱你。付出爱的人，才能感受到生活的真实。

117.爱与美一体。有爱的人是最美的。

118.青春的爱如山溪般纯净，这是青春专属的爱和幸福。

119.所有的爱，都需要园丁的呵护与浇灌。你既是被浇灌的花儿，也要做浇灌花儿的园丁。

120.林中鸟和笼中鸟实际上是人生的两种选择，也是爱情常有的窘境，因为爱本身就不会完美。

做了林中鸟，常常又羡慕笼中鸟，反之亦然。人生的痛苦，就在于这种人生的不完美，而人生的目的，恰就是要弥补这种缺憾。

认识到人生的不完美，就尽力去促使其完美吧。

121.出于爱的惩戒，对惩戒者而言是更痛苦的选择，而被惩戒者还往往意识不到这一点。

122.世上很多人不懂得爱，其中有人还没学会爱，也有一些人太聪明而不配得到爱。

在这些人眼里，世界上只有两种人：有利用价值的人和无利用价值的人。这是骨子里的肤浅和无知。

123. 孩子是吵闹的，但是美的。儿童的欢乐和痛苦似乎都没有理由。

124.孩子的欢乐和烦恼就是整个世界的欢乐和烦恼。

125.用孩子的眼睛看世界，就能找到打开心中世界的钥匙。

126.孩子一出生，就成了母亲的再生。孩子爱妈妈，就像爱自己，妈妈爱孩子，则往往忘记自己，远胜于爱自己。这是妈妈的伟大，也是妈妈的本能。

127.培养孩子的眼界和情怀、胸怀是教育的首责。

128.童言无忌，但有序。打断孩子说话实际上就是打断孩子的逻辑，是以成人世界的逻辑破坏未来成人的成熟。

129.每一个所谓差生的背后，都有一段被怨屈的历史。发掘其自信，就是还其清白。

130.我给女儿熬好稀饭，看着她一勺一勺喝着，竟然觉得也都落到了我胃里。她每喝一勺，我的胃就热一下，一勺一勺的暖。

后记

2017年底，根据同济大学安排，我到红色高校井冈山大学挂职工作。2019年6月，挂职期满后，根据两校工作需要，我又留任一年，这段难得的人生经历给我留下了很多难忘的记忆，成为我工作生活中一段充满感情和友谊的旅程。

三年来，井冈山大学的春夏秋冬、吉安的风土人情、南昌的街道巷陌、井冈山的红色遗迹，都让我有一种熟悉的陌生感。工作生活的奔波之途中，因了这种陌生感，我常常产生一种与之前不同的感受，就随手用手机、便笺记下来，断断续续积攒了不少。因我之前出过两本相关的书，即《文化屐痕：书与人》和《文化屐痕：行吟集》，学生们就建议我延续下去，把这些特殊体验也再编本小册子，作为纪念。

2020年初，新型冠状病毒肺炎全球肆虐，人们行走的脚步不得不停下。疫情期间，我在井冈山大学和上海之间断断续续工作和宅居，也开始陆陆续续整理着以前随手记下的文字，竟有抚字如初的感觉，生动的人和事总浮现于眼前。

全书分三部分。

第一部分“江东集”。因井冈山大学位于赣江之东，故名。收录的是我在井冈山大学工作生活期间触景生情写的一些打油诗，无关韵律，信口开河性质，但表达的情感都是真实的。赣江是吉安的分界线，每到夜晚，西岸灯火通明，东岸则灯光寥寥。但也因此，天好时，江东的星月也更亮更白，情绪悠然。

井冈山大学是个生机勃勃的百花园。逢时即开的杜鹃花、茶花、桂花、蓼花、芙蓉花、泡桐花、木棉花、樱花……春到换颜的雏鸭、春蛙、锦鲤、水鸟；落叶覆盖的山间小径；每天凌晨准时启奏的群鸟曲；夏夜驱之不去的翩翩飞蚊，都让我想到古时日出而作、日落而息与自然同律动的生活。

以吉安为圆心在南昌、赣州、北京、上海、广州、长沙、大连、厦门、重庆、济南、乌鲁木齐、深圳、阿拉木图、东京、凤凰城、纽约、波士顿、印度和平乡、加尔各答等地之间来回摆动的生活点滴，有些也浸润在这些文字里了。

第二部分是“风逅记”。因为喜欢读泰戈尔的诗，所以可能不自觉就模仿了泰戈尔的《飞鸟集》《新月集》《园丁集》等，或者受了“三句半”的影响，记录的都是瞬间的感受，微小的感触，稍纵即逝的思绪。如风而来，随风而去。吹水微澜，心泛涟漪。稍纵即逝，己已非己。人与自然、人与人的相遇相知，也都如此。有时可求不可遇，有时可遇不可求，所以每一次相遇，都是值得纪念和珍藏的生活瞬间。想法虽好，但毕竟才力不逮，观察不够全面，所以往往心有余而力不足，无法将所思所想提炼上升到一定的高度，故时有无病呻吟之嫌，但实际上都是真实的情绪。

第三部分是“路拾录”。职业习惯使然，念念不忘的是中华文化如何走出去，如何指导学生写出更好的文章、做出有新鲜的泥土气息的学问，包括如何缓解工作生活中的压力等。这实际上也是为自己打气，兼与同事和学生们共勉。

归于田园显然只是梦想，但忙碌的生活恰意味着每天都有很多变化，变化则会给人新的思考。生于忧患，看来忙是人的宿命，但人和万物之忙最终都是为了生活。人为了生活而行走，实际上就是走进生活，是融入生活的一种方式。只要我们能把自己视为生活海洋中的一滴水，空气中的一分子，顺风而行，顺水而下，相携相扶，相濡以沫，看似单调的日常生活就会起了诗意，长期梏蔽的精神之泉、心灵之泉就会活泛灵动起来，甚至会凿出新的泉眼，滋生出新的鱼儿，生活也就日新日日新了。诗意栖居之地随处皆是，只要有一双发现诗意的眼睛和心，并且能把诗意注入日常生活。

中国文化实际上就是在一个个中国人的日常行走中不断聚积深植厚淀形成发展创新延续下来的。中国文化热爱生活，也是为了让生活一天比一天更美好。中华文化要走出去，首先就需要向世界讲清楚与日常生活的这种关系，而只要讲清楚了这一点，就会找到与世界上一切优秀民族文化的共鸣点，因为一切优秀的文化都源于生活并且都是为了使生活更美好。从这个角度讲，发现日常生活中的美，也就理解了中华文化的根和源，也就找到了中外文化沟通交流、和谐共生的径。这是文化行走的美处、妙处和益处，也是文化“走”出去的本来之意。

感谢在我这三年的特殊行走过程中给我助力和鼓励的同济大学、井冈山大学等单位的领导、同事和同学们，感谢重逢、邂逅于途中的国内外旧朋与新友。

感谢家人的默默支持和付出。我曾许诺邀请爱人与我同去看看赣江，上上井冈山，可惜皆因忙碌，至今未果。不过留点遗憾也好，可以有理由重上井冈山。

新冠疫情仍在阻挡着我们的脚步，但再次自由行走的日子应该不远了。

祝中国安福！世界吉安！

孙宜学

沪上“一步斋”

2020年5月26日

图书在版编目（C I P）数据

文化屐痕. 江东集 / 孙宜学著. -- 上海 : 同济大学出版社, 2020.8

ISBN 978-7-5608-9425-6

Ⅰ. ①文… Ⅱ. ①孙… Ⅲ. ①随笔—作品集—中国—当代 Ⅳ. ①I267.1

中国版本图书馆CIP数据核字(2020)第152535号

文化屐痕：江东集

孙宜学　著

责任编辑　丁会欣
装帧设计　陈益平
责任校对　谢卫奋

出版发行　同济大学出版社　www.tongjipress.com.cn
（地址：上海市四平路1239号　邮编：200092　电话：021-65985622）
经　　销　全国各地新华书店
印　　刷　常熟市华顺印刷有限公司
成品规格　170mm × 240mm
印　　张　15.5
字　　数　310 000
版　　次　2020年8月第1版　2020年8月第1次印刷
书　　号　ISBN 978-7-5608-9425-6
定　　价　58.00元